• 衛斯理小説典藏版 16 •

規律

衛斯理
親自演繹衛斯理

《規律》

新之又新的序言，最新的

衛斯理小說從第一次出版至今，歷時已近半世紀，總共出了多少正版，還能計得清，若是連盜版一起算，那就算找外星人來算，也算勿清楚哉！不知能不能也算世界記錄。

算得清好，算勿清也好，能幾十年來不斷出新版，說明不斷有讀者加入，對作者來說，沒有更值得高興的事了，謝謝所有喜歡衛斯理的人，謝謝謝謝。

二〇二〇年六月四日 香港

幾句話

寫了四十多年小說，論者將拙作分為三個時期：早、中、晚。在明窗出版的一批，屬於早期和中期的上半。三個時期的創作風格有相當程度的不同，所以風評不一。本人並無偏愛，但讀友對早期的作品，頗有好評，大抵是由於在早、中期作品之中，主要人物精力充沛，活力無窮，所以使故事曲折多變，小說也就格外吸引。明窗出版社此次重新出版這批作品，正好讓大家來證明這一點。

四十餘年來，新舊讀友不絕，若因此而能有新讀友，不亦快哉！

倪匡

二〇〇五年十一月六日

序言

第十七集衛斯理故事，包括了《規律》和《多了一個》兩個風格趣味全然不同的故事。

《規律》是作者本人極喜歡的一個故事，雖然充滿了悲觀、消極、厭世的情緒，但的而且確，反映出現代人的心靈空虛。

現代人的生活，表面上看來多姿多采，變化無窮。但是實際上，卻貧乏枯燥，千篇一律。這種生活，形成了心靈上的極度不滿足，人和昆蟲的生活之間，可以劃上等號，於是，悲劇就表面化了。

《規律》故事中的想法，是作者對生命未曾有再進一步的看法之前的觀點，維持了許多年。

《多了一個》則是一個喜劇故事，如果將之擴大來寫，可以加許多小趣味進去，至少可以加長一倍，但作者寫故事，很多情形之下，只是為了表達一個想像，一個意念，並不喜歡太「開枝散葉」，所以也很少在細節上多作與主要意念無關的鋪排。這個故事，第一次接觸到身體和靈魂間的關連，以後許多故事，都在這一個意念上，有極多的發揮。

衛斯理（倪匡）

一九八六年九月一日

目錄

規律

第一部：科學巨人之死……11
第二部：大批跟蹤拍攝的影片……29
第三部：科學尖端的背面……49
第四部：追查少年的下落……73
第五部：少年亨利的秘密……99
第六部：百思不得其解的矛盾……113
第七部：自殺？謀殺？……131

目錄

多了一個

第一部：世上最奇怪的人……149

第二部：沒有人認識的人……169

第三部：電腦專業熟練無比……197

第四部：是蘇軍上校……217

第五部：揣測怪事的由來……243

規律

第一部

科學巨人之死

一封很長的電報，放在我的桌上，我已經看了三遍，仍然不禁皺眉。

電報的內容，說出來倒也很普通，如下：「衛斯理先生，我們亟盼望你能到維城來，有一件很令我們頭痛的事，要請你解決。推薦你的人是田中正一博士，他說只有你可以幫助我們解決困難，如果決定前來，請通知我們，維城科學家協會謹啟。」

維城離我居住的城市，隔着一個大洋，我自然知道這個城市，它以學術氣氛濃厚而著名於世，其情形就像維也納是音樂之都一樣，維城可以說是現代科學之都。

至於電報中提到那位田中正一博士，我是曾見過幾次，但是並不太熟，而且不甚喜歡日本人味道太濃。

這就是使我一面讀電報，一面皺眉的原因！一個我不太熟的人，一個我從來也沒有接觸的科學家團體，忽然邀請我前去，這實在是太突然了！

我嘆了一聲，對於這種莫名其妙的電報，我實在不想答應，雖然在這封電報之後，可能真有着一件神秘的事情，但如果每一封同樣的電報，或是同類的信件，我都要加以理會的話，那實在太應接不暇了。

我順手拿起了一張紙，準備起草一封回電，拒絕這個科學家協會的邀請，就在這時候，白素推門走了進來，她一進來，就道：「你可知道維城科學家協會的成員，是一些什麼人？」

我笑了起來：「你已經去查過了？其實，不必查也可以知道，全是第一流的科學家。」

白素笑着：「但是你一定想不到，這個協會的成員，有百分之二十七，得過諾貝爾獎金。這樣的一個協會，能邀請你去，實在是你的光榮。」

妻子總是以為自己的丈夫是世上最了不起的男人（也唯有這樣的妻子，才是好妻子），白素也不例外，我抓住了她的手，笑道：「我想你弄錯了，這些科學家，滿腦子都是方程式、原子結構，和他們打交道，可以說是最乏味的事情了。」

白素道：「看來，他們有着他們不能解決的困難，所以才來求你的——」

她講到這裏，略頓了一頓：「他們全是對人類有極大貢獻的人，他們有困難，你難道不準備去幫助他們？嗯？」

白素望着我，我不禁笑了起來，白素有時候，想法是很特別的。

我道：「要是你去，我們當作旅行，去散散心！」

白素卻搖頭道：「我不去，和這種科學家在一起，你剛才不是説過，是很乏味的？」

我伸了一個懶腰：「好，不過，我先要和那位推薦我的田中正一，通一個電話，看看究竟是什麼事情，值得去的才去。」

白素欣然道：「好，我替你接長途電話。」

她一面説，一面已拿起電話來，撥着號碼，我站了起來，迅速地轉着念。在這一段時間內，我想測驗一下自己的推理能力，來預測一下。在維城的科學界人士之中，究竟發生了什麼特別的事，以致非要我去解決不可。

我作了幾個假設，但是想深一層，卻又覺得可能性不大，這時，長途電話已叫通了，白素將電話聽筒遞了給我，我等了一會，聽到一個女人的聲音，道：「田中教授就快來了，請你再等一會。」

我一面等着，一面看看桌上的鐘，還好，我只等了一分鐘左右，就有人來聽電話了，我聽到了我並不很熟悉的聲音：「田中正一，哪一位？」

我和這個日本人並不是十分熟，只不過以前見過幾次而已，所以我也沒有什麼客套話可以對他說，我報了自己的姓名：「我收到了你們科學家協會的電報，請問，需要我解決的是什麼事？」

田中正一聽到我的名字，呼吸就急促起來，我才一講話，他就急不及待地道：「衛先生，請你一定要來我們這裏，我知道，你可以解決這件事。」

我有點氣惱：「我首先要知道，是什麼事！」

田中正一道：「很難說，我們認為是一樁謀殺案，但是警方卻不受理我們的意見，認為是自殺案，所以，我向大家推薦你去調查。」

我不禁有點啼笑皆非，提高了聲音：「田中先生，你將我當作是一個私家偵探，那是一個錯誤。」

田中正一的聲音很急促，他連聲道：「不！不！記得你對我說過，對於不可理解的事，你都有興趣，或者，你知道死者是誰，你會更有興趣。」

老實說，我已經一點興趣也沒有了，我只是懶洋洋地問道：「誰？」

田中正一道：「康納士博士！」

我陡地呆了一呆，半晌說不出話來。

康納士博士的自殺，是轟動世界的大新聞，這位被譽為現代科學界最傑出的人物，死年不過五十二歲，他是自殺的，通訊社對他的死，有着極其詳細的報道，這種報道，除非是身在新畿內亞的吃人部落之中，不然，誰都可以讀得到的。

根據報道來看，康納士絕對是自殺的——關於他死時的情形，留到以後再詳細敍述——但是，何以科學家協會認為他是被謀殺的呢？

如果這樣一個人物是被謀殺的話，那麼，所牽涉的一定十分廣泛，也極有可能，涉及骯髒的政治鬥爭，因為康納士研究的是尖端科學，他最近的研究課題，並且已取得了成功，是越洲火箭的安全降落問題，根據報道，這一項研究，如果獲得完全成功，那麼，人類的遠程交通面目，將徹底改觀——這一來，超音速飛機，會變成廢物，二十倍音速的火箭，會代替現在的飛機，美洲和亞洲之間，兩小時就可以來回。

康納士博士實在是一個太特殊的大人物！

我吸了一口氣：「據通訊社的報道，他是自殺的，你們掌握了什麼證據？」

田中正一道：「有，但是不能說是確鑿的證據，那是一卷影片，我們希望你能來看看！」

我考慮了三十秒鐘：「好的，我來！」

田中正一連說了七八聲「謝謝」，我已放下了電話，轉過身來。

白素正睜大眼望着我，我攤了攤手：「真想不到，我竟會和這個科學界巨人的死，發生關連。」

白素的神情很緊張，剛才，是她慫恿我去的，但這時，她也知道，事情和康納士博士的死有關，她自然也可以想到，這是一件極其複雜的事，可能隱伏着難以言喻的凶機，是以她倒反而猶豫起來。

我甚至可以知道，她想說些什麼，所以，我不等她開口就道：「我已答應了他們，不能再改口了。」

白素低嘆了一聲：「答應我一件事。」

我望着她，白素道：「如果你初步調查的結果，證明事情不是你個人的力量所能解決的，那立刻放手。」

我明白她所説的「不是個人力量所能解決的」是什麼意思。她是指如果康納士之死，是政治鬥爭的犧牲品時，我就不該再管下去。

我點了點頭：「好的，事實上，我相信通訊社的報道不至於錯，康納士是自殺的，那些科學家，忽然要客串起偵探來，真是令人啼笑皆非。」

白素笑道：「你也別看不起科學家，他們都受過嚴格的科學訓練，他們既然有所懷疑，一定是有道理的。」

我也笑了起來，道：「但願如此！」

遠行對我來説，自然不算什麼，但是這一次，當飛機横越太平洋的時候，我心中也至少有點不自在的感覺，因為在我動身之前，又搜集了康納士博士自殺的全部資料，詳細地研究過。

我研究的結果，康納士博士的死，可以肯定是自殺的，我並不明白這些科學家在懷疑什麼。

我到達維城機場，是中午時分，當我走出機場閘口之際，我就看到田中正一和另外三個人在一起，那三個人的年紀，都不過在三十上下。

但是在維城，就算是一個二十出頭的小伙子，你也決不要小覷他，可能他已經發表過一篇以上震驚世界的論文。田中正一向我迎了上來，那三個人跟在田中正一博士的後面。

田中正一向我介紹，果然，那三個人全有博士的銜頭，一個滿頭金髮，樣子很漂亮，像是電影明星的，是原子動力學博士賴端；一個身形開始發胖，有點禿頭的，是金屬研究的有名人物，奧加博士；另一個瘦長個子，看來像是吉普賽人的，則是力學博士安橋加（這名字很古怪，後來證明他確是吉普賽人）。

我和他們分別握手，和他們一起步出機場，我是性急的人，在一起向外走出之際，我就道：「各位，我已詳細研究過康納士博士之死的報道。我認為，他實實在在，是自殺的！」

明星一樣的賴端，向我笑了笑：「如果你到康納士博士的住所去看一看，那麼，那更可以肯定，他是自殺而死的！」

我陡地一呆：「那麼，你們何以懷疑他是被謀殺的，在和我開玩笑？」

安橋加搖頭道：「不，我們沒有證據，但是，卻有懷疑，所以才請你來的。」

田中博士插言道：「我們會根據第一流私家偵探的收費標準，付費用給你！」

我笑了起來：「如果事情是能夠引起我個人興趣的話，我不會要你們的錢！」

半禿頭的奧加道：「你什麼時候可以開始工作？」

我道：「立時就可以開始！」

這時，我們已經步出了機場，來到停車場，安橋加道：「如果你立時可以開始，那麼，我們先陪你到康納士博士的住所去看看。」

奥加道：「然後，我們給你看我們所懷疑的根據，再以後，你就要單獨工作了，因為我們都很忙，實在沒有法子陪你！」

我笑了笑：「如果是一件曲折離奇的謀殺案，你們陪我也沒有什麼用處。」

他們四個人一起笑了起來，田中先走了開去，不一會，駕着一輛大房車，駛了過來。

科學家雖然不是很有趣味的一種人，但是，由於他們都受過嚴格科學訓練之故，他們都有一個好處，那便是他們都知道，科學是全人類的，絕無國界之分，一個真正服膺科學的人，決不會斤斤計較什麼國家的科學成就是如何如何。科學家首先需要有偉大的胸襟。這種胸襟，必然超越世俗者對於國家的觀念。

我們五個人同坐在一輛車中，一個是日本人，一個是吉普賽人，漂亮的賴端來自斯堪的那維亞半島，而奥加是愛爾蘭裔的美國人，再加上我，我就絲毫感覺不到車中有任何國家的界限存在。

車子由田中駕駛，一直駛向郊外，半小時之後，我已看到了康納士博士的那幢房子。

我以前未曾實地見過這幢房子，但是我卻看過這幢房子的照片，而且，有一本雜誌，還繪出過這幢屋子的平面間隔圖。

我挺了挺身子，那房子並不大，但是空地很多，屋子的一半，完全隱在樹木中，屋子是紅松木搭出來的，很有情調。

當車子駛上一條碎石鋪成的道路時，便聞到了一陣紅松木的清香。

這時，車子被兩個人攔住了去路，安橋加低聲告訴我：「他們是國家安全署的人員！」

這一點，我倒並不感到意外，因為如果像康納士這樣的人物，死了之後，政府方面不加注意，那反倒是怪事了！

那兩個國家安全署的人，低頭向車廂中看看，他們顯然認識四位科學家，是以，疑惑的眼光，便停在我的身上，一個道：「這位是——」

奧加道：「這位衛斯理先生，是我們特地請來作調查工作的！」

那兩個保安人員皺着眉：「有什麼好調查？」

奧加博士道：「就算康納士博士是自殺的，我們也希望得知自殺的原因！」

那兩個保安人員顯然不怎麼敢得罪科學家，他們直起了身子，揮了揮手。車子向前駛去，直到屋前，停了下來。

那屋子建築得很精巧，保養得也很好，我們下了車，另一個保安人員顯然已接到了剛才那兩個保安人員的無線電通知，立時打開了門，讓我們進去。

進廳之後，就是一個相當大的會客室。其實，那不能稱之為會客室，只是一間書房，大得出奇，不但四面的書架上放滿了書，連地上、椅子上，幾乎所有可以放書的地方，也都堆滿了書，看來有點凌亂。

田中正一指着那些隨便堆放的書：「這裏原來就是這樣子的，自從康納士博士死後，完全沒有動過！」

我才進屋子，對一切都不了解，自然也無法發表進一步的評論，我只好道：「他一定是一個喜歡書的人，我猜他的性格，也一定很孤僻。」

奧加點頭：「可以這樣說，他一直獨身。」

安橋加聳了聳肩：「他甚至不許他的管家婆收拾這些雜亂無章的書！」

我笑了笑：「那不稀奇，很多人都喜歡凌亂，不喜歡太井井有條。」

我們一面說着，一面穿過了這個會客室，那保安人員跟在我們的後面，沒有說話。

我們來到了一扇橡木門前，停了下來，田中正一伸手去推門，門鎖着，那保安人員立時走向前來，打開了門，門內是一間工作室，或稱書房。門打開，我一眼就看到一張極大的寫字枱；寫字枱上，也堆滿了書，室內的光線相當黑，窗簾很厚，將陽光遮去了百分之八十。

當我回頭，想和田中博士說話的時候，我又看到，那三寸厚的橡木門上，有一個很大的門栓，但是門栓的另一邊，卻已被撬去，連帶門框上的木頭，也裂下了一大片。

這情形，我雖然是第一次看到，但是我早是很熟悉的了，因為我讀過有關康納士博士自殺的一切詳細的報道，康納士博士的屍體，是在撞開了這扇門之後，才被發現的，也就是說，他死的時候，門是自內反拴着的。

我們都走了進去，奧加揮着手：「衛先生，你對這間房間，不會陌生，本世紀最偉大的科學天才，就死在這裏——」

當他講到這裏的時候，他有點戲劇化地，伸手指向寫字枱後，那張寬大舒適的椅子。

我點頭：「是，他是注射了一種毒藥而死的，死因是心臟麻痹，死的時候並沒有痛苦！」

田中正一嘆道：「是的，門反拴着，他喜歡靜，所有的窗，全是雙重的，可以隔音，只有他一個人在室內，而且所有的窗，也全反拴着。」

我望了他們三人一眼：「如果你們認為康納士博士是死於被謀殺的，那麼，這就是推理學上，最難處理的『密室謀殺案』了。」

當我這樣說的時候，三位科學家，只是現出了無可奈何的神態來，但是那位保安人員，卻在不耐煩地聳着肩，我相信，如果不是為了禮貌的話，他一定會大聲縱笑了起來，笑我推定這是一樁神秘的謀殺案。

我並不理會那保安人員的態度，拍着椅子旁的地氈：「致命的注射器，就落在椅子旁，注射器上，只有死者一個人的指紋。」

我講到這裏，略頓了一頓：「而且，藥房的售貨員，認出了康納士博士，是他前一天，向藥房購置這種毒藥的。」

當我這樣說的時候，這三位科學家，連向科學家協會推薦我來調查這件案子的田中正一，也都不斷地點着頭。

他們當然只好點頭，因為我所說的話，全是事實，全是我在詳盡的報道中看來的。

我略停了一會，書房中很靜，可以互聽得到對方的呼吸聲。

我走過去，拉開了厚厚的窗簾，使房間變得明亮，然後，我花了大約五分鐘的時間，去檢查窗子。我隨即發現，這五分鐘時間是白費的，因為決不可能有人，在跳窗而出之後，再將窗子自內拴好。

我站在窗前，向窗外的草地、樹木、略望了片刻，轉過身來：「三位，照我看，國家保安機關的結論是正確的，康納士博士死於自殺，這一點，實在是不容許懷疑的結論。」

奧加、安橋加和田中正一三人，互望了一眼。

我又道：「我不明白的是，何以你們還會有懷疑，你們根據什麼懷疑呢？」

安橋加大聲道：「我們當然是有根據的，我們得到了一大卷影片——」

他講到這裏，田中正一就打岔道：「安，你還是從頭說起的好。」

奧加則道：「我們可以坐下來，不必站着。」

我點了點頭，心中十分疑惑，因為，康納士死於自殺，不論從任何角度來看，都是毋庸置疑的，他們所獲得的證據是什麼呢？

第二部

大批跟蹤拍攝的影片

我們都坐了下來，安橋加道：「首先，得從亨利說起，亨利是一個報僮，今年十四歲。」

我皺着眉，並不打斷他的話頭。

安橋加向我望了一眼：「亨利可以說是我的朋友。他是一個很勤懇向上的少年人，在康納士博士死後的第三天，他忽然拿着一大包東西來找我，那一大包東西，是牛皮紙包着的。」

安橋加說得十分詳盡，雖然我心中有點嫌他說得太遠，但是我還是不出聲。

安橋加又道：「當時，亨利的神情很興奮，他對我說，教授，你看我撿到了什麼？我告訴他：『不論你撿到什麼，最好交給警方。』亨利說：『我拆開來看過了，這裏面是許多卷電影軟片，很小，不像是普通的電影。』他講到這裏的時候，神秘地笑了一下。」

安橋加講到這裏，略頓了一頓：「你知道，現在，十四歲的少年，已經很懂事了，他在暗示什麼，我也很可以明白，我當時在他的頭上，打了一下，告訴他最好不要來麻煩我，但是亨利卻堅持要將這大包東西，先放在我這裏。我當時很忙，我想，不妨暫時答應他，等到有空時，再來慢慢向他解釋，應該如何正確處理拾到的東西，所以我就讓他將這包東西，放在我的住所。」

安橋加吸了一口氣，停了片刻，我仍然不出聲，因為他還未曾說到正題，我也不催他。

安橋加在停了片刻之後，道：「一連兩天，亨利都沒有再來找我，恐怕他也忘記了，那天晚上，他們兩人，到我這裏來閒談——」

安橋加指了指田中和奧加兩人，又道：「在我們閒談中，我提到了亨利拿來的那包膠片，奧加提議放來看看，我們反正沒事幹，就取了出來，當取出來之後，我才發現，這些電影膠片，全是超小型的，比之我們普通用的八厘米電影，要小得多，非要用特別的放映機才能放映。而且，這種超小型的電影軟片，很少人用，只有科學上的用途，才會使用到。」

田中正一像是怕我不明白，解釋道：「譬如，植物學家要用電影來記錄植物的成長過程，便往往用這種軟片來拍攝，如果每分鐘自動拍一格的話，那麼，植物生長的三十天過程，就可以在幾分鐘之內，出現在銀幕上。」

田中正一一面說，一面望着我，我點頭道：「我明白這種情形。」

安橋加道：「當時，我們就都被這一大包軟片，引起了好奇心，因為如果這些電影軟片，是用作田中博士剛才所說的那種用途的話，那麼，估計足可以記錄一年或者甚至兩年，某一種東西的活動情形了。我家裏沒有這種超小型的放映機，但是，科學協會有，所以，我們帶着那一包電影軟片，到了科學協會。」

奧加攤着手：「安，我認為再講下去，只是浪費時間，衛先生已經知道了我們發現那一大包電影軟片的經過，現在，我們請衛先生去看那些電影。」

我道：「如果這些電影，足以證明康納士博士之死，是有其他原因，那麼，它們應該在國家保安機構了，怎麼還會在你們手中？」

奧加道：「是的，我們將之交給國家保安局，但是保安局退還給我們，說這並不足以證明康納士的死，另有他因，所以還在我們這裏。」

我並沒有問這些電影的內容是什麼，雖然我是一個性急的人，但是，我立時就可以看到這些電影的全部內容了，現在問來，又有什麼用？

我們一起站了起來，那位保安人員恭送我們出去，鎖上了門，我們全不出聲，一直到了科學協會門口，奧加才道：「我們已通知了對這件事有興趣的會員，和你一起再重看那些電影，你不介意麼？」

我道：「當然不介意。」

田中正一補充道：「因為他們都急於聽取你的意見，所有電影放映的時間，是六小時零十一分鐘，希望你別感到氣悶。」

我呆了一呆，要看那麼長時間的電影，對我來說，還是第一次。

但是，如果電影的內容，是和一個舉世聞名的科學家有關的話，那恐怕也不會感到氣悶的。

我們一起進了一個相當大的客廳，果然，已有三十來個人在了，科學家辦事是講究效率的，田中正一並沒有一一替我介紹他們，只是介紹了我，然後，就打開一個相當大的木箱來。

在那個木箱中，整齊地排列着一卷又一卷的電影軟片，他道：「這是經過整理的結果，每一卷都記錄着日期，一卷軟片，是十天的過程。」

我點了點頭，這時，我有點心急起來了：「請快點放映！」

田中正一博士向一個工作人員招呼了一聲，那工作人員推過了一具放映機來，對面牆上，立時垂下了一幅銀幕，窗簾拉上。大廳中人很多，可是在光線黑下來之後，沒有人出聲，接着，放映機傳出了「沙沙」的聲響，我拉過一張椅子，坐了下來。

首先出現在銀幕上的，是許多行人，那些行人的行動方法，都很古怪。我知道，那是每一分鐘自動拍攝一格而成的電影所造成的效果，看起來，每個行人，都像是會輕身功夫一樣，在那裏飛速行進。

接着，便是疊印的字幕，那一組數字，顯然是一個日期，那是：一九七〇、二，二——十二。

一九七〇年二月二日到二月十二日，自然就是這卷電影所要表達的時間，然後，我在銀幕上看到了康納士博士。

我看過康納士博士的相片許多次，所以一眼就可以認得出他來。

康納士博士雜在行人之中，提着公事包，匆匆地走着，他的行動，和其他人一樣，只不過顯而易見，鏡頭是對準了他來拍攝的。

在電影中看來，康納士博士忙得像小丑一樣，一會兒進了一幢大廈。一會又出來，然後上了車，到了學校，然後又離開學校，回到家中，然後，又從家中出來，一遍又一遍地重複着，重複了十遍之多，這卷電影軟片，才算是放完了。

接着，便是第二卷，一開始，也有一組代表日期的數字，這一次是一九七〇，二、十三——二十二。

那是緊接着上一卷的，時間也是十天，電影的內容，幾乎和上一卷，沒有分別，鏡頭對着康納士博士，康納士博士在路上走，在駕車，回到家中，到學校，到一些科學機構去。

然後，便是第三卷。

第四卷、第五卷，一直是那樣，等到放到第十五卷的時候，我實在有點喪失耐性了，我大聲道：「以後的那些，全是一樣的麼？」

田中正一道：「可以說全是一樣，所不同的是，康納士到過另一些不同的地方，例如，他曾去郊外垂釣幾天，那是他每半年的例假，也全被拍了進去。」

我站了起來：「行了，可以不必再放下去了。」操縱放映機的人，立時停止了放映，電燈亮着，我看到所有的人站起來，一個年輕人問道：「只看了一小半，你就有了結論麼？」

我呆了一呆：「既然全是一樣的，為什麼還一定要看下去？」

那年輕人望着我，一副想說什麼，但是又有點說不出口的樣子。

我對他笑了笑：「年輕人，你心中想說什麼，只管說。」

那年輕人道：「請原諒我的唐突，我認為你的態度是不科學的，因為你只得到了一半，就想憑此來推測全部，對不對？」

我呆了半晌，心中不禁暗自覺得慚愧，心想能在科學上獲得這樣高的成就，決非倖致，單是這份實事求是，一絲不苟的科學精神，豈是我這個逢事想當然的人，所能學得會的？

我呆了半晌，田中正一像是怕我覺得難堪，正想出來打圓場，我已經道：「這位先生說得對，我們再看下去！」

田中正一忙又揮了揮手，放映機繼續「沙沙」作響。

全部電影軟片一起放完，時間是六小時十一分，在我叫停止放映的稍後時間中，我們都以三文治裹腹。

下半部的電影，和以上那些，真是一樣的，記錄着康納士博士，在屋子之外的一切行動。

而到最後一卷，時間是一九七二、二、一。

也就是說，恰好是一年。

在整整的一年之中，康納士博士，在戶外的全部活動記錄，以每分鐘一格的拍攝方法來拍攝。

等到電燈再度着亮時，所有人仍然望着我，我發現人已增加了很多，增加的人，自然是放映的中途進來的。這一次，所有望着我的人，神情不再是訝異，而是急切地想在我口中獲知我的結論。

我開門見山地道：「各位，從我們剛才所看到的電影中，可以說明一個事實，在這一年之中，有人每天不間斷地，以極大的耐性，在注意着康納士博士的行動，並且將之記錄下來。」

所有的人，都有同意的表示。

我又道：「要做這件工作，決不是一件容易的事，需要付出巨大的人力、物力，決不會有什麼人，沒有目的而去做那樣的事！」

所有人的神情，對我的話仍表同意。

我吸了一口氣：「我知道各位為什麼會懷疑康納士博士的死不是自殺了，各位是認為既然有人一刻不停地跟蹤他達一年之久，那麼，很可能目的就是在殺害康納士博士！」

客廳中響起了一陣嗡嗡聲，但隨即又靜了下來。

田中正一道：「不錯，我們正那樣想。」

我又道：「但是各位可能忽略了一點，這些電影之中，所記錄的，全是死者戶外活動的情形，他一進屋子，就沒有記錄。如果有人要將這些記錄作為暗殺行動的參考，康納士博士，不應該死在屋內。」

安橋加苦笑道：「安全局也是那樣說。」

我又道：「而且，也決計不需要記錄一年之久，就在第一卷軟片的那十天之中，就可以有一百個以上的機會，用一百個以上不同的方法，去殺死康納士博士了。」

所有的人，都不出聲。

我攤了攤手：「這些影片，只能證明在這一年之中，康納士博士曾被人密切注意過行蹤，但不能證明他被謀殺。」

客廳中又響起了一陣私議聲，然後，奧加道：「找到跟縱、注意康納士博士的人，對我們有很大的用處，我們在科學上的貢獻、或許比不上他，但是我們絕不想在暗中被人以這樣的方式，將每一個行動都記錄下來。」

我有點明白科學協會請我來的原因了。

老實說，康納士博士之死，死於自殺，從調查所得的各種證據來看，根本是無可懷疑的。

但是，在看了這些影片之後，不是說沒有疑點了，疑點是：誰拍了那些電影？拍這些電影的目的是什麼？

我停了片刻，向安橋加望去：「我可以調查這件事，但是我相信安全部門，一定也調查過了，事實上，一個如此著名的科學家，長期來被人跟蹤、攝影，這是一件絕不尋常的事。」

安橋加道：「是，但是安全局的調查，卻沒有結果。」

我道：「你還未曾告訴我；亨利在什麼地方找到這一大包影片的？」

安橋加道：「不是我不告訴你，而是我根本不知道他從哪裏得來的！」

我呆了一呆：「什麼意思？他不肯說？」

安橋加苦笑道：「不，自從那天，他將這包影片交給了我之後，就沒有再見過他，他失蹤了！」我再怔了一怔，一個少年失蹤了，這其中，自然有着極其濃厚的犯罪意味。

看來，事情又另生了枝節，也可以說，事情多了一項可以追尋的線索——從調查亨利失蹤着手。亨利的失蹤，自然與這件事有關。

我道：「安全局沒有找他？」

安橋加道：「找過的，但沒有結果。」

我雙眉打着結，安全局調查都沒有結果的事，我去調查，可能有結果麼？但是無論如何，這件事，總引起了我極度的好奇心，我決意去調查。我大聲道：「各位，我保證，我會盡力而為，但不一定有結果。」

幾個人一起笑了起來：「我們每一個人所做的，都是那樣。」

我打了一個呵欠：「對不起，我要休息了，各位，再見！」

仍然是田中正一、安橋加和奧加三人，送我出來，一直送我到酒店。

我先和白素通了一個長途電話，花了足足二分鐘，才將一切和她講了一個梗概，然後，我洗了一個澡，躺了下來。

可是，我卻完全睡不着。

康納士博士是自殺的，這一點，已是毫無疑問的事，各種證據，都指出他是自殺的：他是因為注射毒藥致死，他事先在藥房購得這種毒藥，而注射器上，又只有他一個人的指紋。

而且，康納士死在他的工作室中，當時，所有門窗，都自內緊拴着，絕沒有人可以殺了人之後走出來。而門窗仍然維持這個樣子。

但是，我花了六小時的時間，所看到的那些影片，又作如何解釋呢？

這些影片，證明在過去一年之內，只要康納士博士在戶外，就有人對他進行跟蹤攝影，這個人這樣做，目的是為了什麼？

如果說這個人的目的，是要害康納士博士，那麼，在這一年之中，他有無數次下手的機會，只要有一支有滅音裝置的遠程來福槍，他可以殺死康納士博士而逍遙法外，而這種槍，在這個國家之中，隨時可以購買。

當然，如果現在康納士博士是被殺的，兇手更可以不受絲毫的懷疑，可是，在什麼樣的佈置之下，可以達到現在這樣的效果？從現在的情形來看，康納士博士，百分之一百是自殺的！

我心中很亂，想來想去，只歸納出了一點，那便是，無論如何，總得先找出那個在過去的一年中，不斷對康納士博士進行跟蹤、攝影的人來，才能有進一步的發展！

而要找到這個人，必須先找到發現這些電影的報僮亨利，亨利失蹤了，他的失蹤，可能是整件事的一大關鍵。我決定先從找尋亨利開始。

有了決定之後，我才勉強合上眼，睡了片刻，等到醒來時，天還沒有亮，但是我卻再也睡不着了，而且，我要尋找的人是一個報僮，我也必須早起才行。

我離開酒店的時候，天才朦朦亮，街道上很靜，我漫無目的地走了幾條街，街邊有不少醉漢，宿醉未醒，把着酒瓶，睡在路邊。

這些醉漢，並不是衣衫襤褸的流浪漢，從他們身上的衣服來看，他們顯然有着良好的收入。事實上，有不少醉漢，就躺在華麗的車子中，生活在這樣一個富有學術氣氛的城市之中，有良好的收入，為什麼不好好回家去，反要醉倒在街頭，這真使我莫名其妙。

我一直向前走着，直至遇到了第一個騎着自行車，車後堆了一大疊報紙的少年人。

我向那少年人招了招手，可是那少年並不停車，只是減慢了速度，在我身邊駛過，大聲問道：「先生，有什麼事情？」

我道：「我想找一個人，和你是同行，他叫亨利。」

那少年頭也不回，便向前駛去，大聲道：「對不起，我不能幫你什麼，我很忙！」

那少年駛走了，我搔了搔頭，沒有辦法攔住他，只好繼續向前走着。

不一會，有第二個報僮，也騎着自行車駛來，這一次，我學乖了，我取出了一張十元紙幣來，向他揚了一揚：「喂，年輕人，回答我三個問題，這張鈔票，就屬於你的！」

那少年吹了一下口哨，停了下來，用奇怪的眼光，望定了我。

他望了我半晌，才道：「你沒有喝醉？」

我道：「當然沒有，我要找一個人，叫亨利，和你是同行。」

那少年點頭道：「是，亨利，我認識他，滿面都是雀斑的那個，是不是？」

我在田中正一處，看到過亨利的相片，那少年顯然是認識亨利的，我心中十分高興：「對，就是他，他在什麼地方？」

那少年道：「我已很久沒有看見他了，大約兩個星期，先生，你第三個問題是什麼？」

我呆了一呆，這是一個什麼都講究效率的國家，賺錢自然也不例外，我笑了一下：「亨利住在什麼地方，你能告訴我？」

那少年笑了起來：「可以，他住在喬治街。二十七號A，那是一條很小的橫街，你從市立公園向前走，第六條橫街就是了，他和他的姐姐一起住！」

那少年講完，伸手自我的手中，接過了那張鈔票，吹着口哨，騎着自行車，走了！

我呆立了片刻，這時，天色已然大明，陽光射在街道上，我看到警察開始在弄醒倒臥街頭的醉漢，我信步來到了一個警察身前，看見他們已將一個中年人扶了起來，用力在推他，那中年人還是一片迷迷糊糊的神氣。但是卻已可以自己站立，不多久，他就腳步踉蹌地走了！

那警察回過頭來，向我望了一眼：「你能相信麼，這樣的醉漢，當他清醒的時候，夠資格和愛因斯坦討論問題？」

我好奇地問道：「這位先生是科學家？」

那警察道：「這裏每一個人都是科學家，剛才那位先生，是大學教授！」

他一面説，一面走向一輛華麗的汽車，車中駕駛位上，有一個人側頭睡着，白沫自他的口角掛下來，那警察用力嘭嘭地拍着車頂，向我道：「這位也是教授，我每天早上，要叫醒十七八個這樣的人！」

我隨口問道：「他們為什麼這樣喜歡喝酒？」

那警察瞪大了眼，像是我問了一個蠢得不能再蠢的問題一樣，大聲道：「不喝酒，你叫他們幹什麼？他們滿腦子都是方程式，一點時間也不肯浪費，為人類的科學發展而生活，只有醉了，才能使他們得到休息！」

車中的那人已醒了過來，他先用迷茫的眼神，望着那警察，然後，抱歉地笑着，問道：「什麼時候了？」

那警察告訴了他時間，那人「啊」地一聲，道：「我要遲到了！」

他立時駕着車，以相當高的速度，向前駛去。

我向那警察，再詳細問了喬治街的去法，知道並不是很遠，我決定步行前往。

這時，整個城市都蘇醒了，街上的行人、車輛多了起來，看來每一個人都十分匆忙，都在爭取每一秒鐘的時間，急急地在趕路。

這時候，看來整個城市，都充滿了生氣，怎麼也想不到，在天未亮之前，會有那麼多人，醉倒在街頭。

不一會，我已走過了公園，沿着寬大的人行道，經過了好幾條橫街，才看到了喬治街。

這幾條橫街，歷史全都相當悠久了，建築很殘舊，看來都有七八十年歷史，可能是這個城市成立不久之後，就造起來的。

我沿街向前走着，一大群學童，嬉笑着在我的身邊經過，我找到了二十七號A，站在門口，看到一個主婦，推開門，取了門口的兩瓶牛奶，我連忙踏上石級：「早，我想找亨利，一個少年人。」

那主婦打量了我一眼，推開了門，指了指樓梯下面，也沒有說什麼，就自顧自上了樓。

我跟着走進去，走下了十幾級樓梯，在一扇門前站定，敲了敲門。沒有人應門，我等了一會，再用力敲門。這一次，有了反應，只聽得門內，傳出了一個很粗暴的聲音，大聲喝道：「找什麼人？」

我呆了一呆，那是一個男人的聲音，而那少年告訴我，亨利只是和他的姐姐同住，並沒有提到還有別人，我可能是找錯地方了。

就在我猶豫間，門已打了開來，一個赤着上身，滿身是毛，猩猩一樣的男人，堵在門口，瞪着眼，望定了我，我忙道：「對不起，亨利在麼？」

第三部

科學尖端的背面

那男人「呸」地一聲，向走廊吐了一口口水，那口口水，就在我的身邊飛過，令我極不自在。

他粗聲粗氣地道：「亨利？已經兩個星期沒有見他了，別來騷擾我。」

我忙道：「對不起，閣下是亨利什麼人？」

這個問題，其實一點也沒有可笑之處，可是那大漢一聽，卻「哈哈」笑了起來，道：「我不是他的什麼人！」

我又趁機道：「那麼，我可以看看他的房間？」

這一次，那男人笑得更大聲了，他學着我的聲調，道：「他的房間，當然可以，隨便參觀！」

他向後退了一步，讓我走了進去。

進了那個居住單位，我又不禁呆了一呆。

我是昨天才到的，對這個城市，自然不能說全部認識，但是，以這個城市的高等學府和科學研究機構，在世界上是如此知名而言，它可以說是人類現代文明的尖端，事實上，直到現在為止，我所接觸到的，也全是輝煌的建築，整齊幽雅的小洋房，就像我不能理解這個城市的街頭，何以那麼多醉漢一樣。現在，我也無法理解，何以這個城市中，也有如此淺窄，陰暗的居住單位。

一進門，算是一個客廳，家俬陳舊、凌亂，另外有一扇門，是通向廚房的，一扇門，緊閉着，看來是通向一間臥室。

我盡量壓抑着心頭的驚訝，不使它表露在臉上，因為我看出，那大漢並不是一個好脾氣的傢伙。

我略停了一停，向他望去，道：「亨利的房間在——」

那大漢向前走着，踢開了一張隨便放着的椅子，來到了一扇牆前，打開了一隻壁櫥的門，道：「這裏！」

我立時明白，為什麼當我提到亨利的房間時，那大漢大笑的原因了！

亨利根本沒有房間，他睡在壁櫥裏，壁櫥很小，真難想像亨利在睡覺的時候可以伸直身子。

壁櫥中很亂，有着很多少年人才感到興趣的東西，那大漢道：「隨便看吧。」

雖然那大漢的招呼，絕稱不上友善，但是既然來了，我自然得看一看，我又向他作了一個打擾的微笑，走到壁櫥之前，俯身翻了翻，有很多書報、一副壘球手套、一些書本，實在沒有我想要的東西。

在我翻着亨利的東西時，我聽得臥房裏有一個沒有睡醒的女人聲音：「強尼，你在和誰説話？」

那大漢回答道：「一個日本人。」

我轉過身來：「先生，我不是日本人。」

那大漢大聲道：「他説他不是日本人。」隨即，他向我望了一眼：「有什麼關係，只要你是一個人，就行了，對不對？」

我略呆了一呆，這大漢，從他的外型來看，十足是一個粗胚，但是這句話，倒不是一個粗胚所能講得出來的。這時候，一個蓬頭散髮的女人，打開房門，衣衫不整地走了出來。

那女人的口中，還叼着一枝煙，她將煙自口中取開，噴出一團煙霧來：「又是來找亨利的，亨利早就不見了，你也來遲了。」

我呆了一呆：「你是亨利的姐姐？」

那女人點了點頭，毫不在乎地挺着胸，抽着煙。

我皺了皺眉：「請原諒我，亨利既然失蹤了，你為什麼不去找他？至少應該報警！」

那女人「格格」笑了起來：「一個少年人，離開了這種地方，不是很正常麼？這裏很可怕，是不？」

我皺着眉：「如果你認為可怕，那麼，你應當設法改善。」

那女人笑了起來：「我們改善過了，我們從另一個更可怕的地方來，現在，我們已經覺得很滿足了，為什麼還要改善！」

我笑了起來：「請恕我唐突，我不明白，在貴國還有比這更可怕的地方？」

那大漢和那女人，一起笑了起來，那大漢道：「有的是，太可怕了，不過更多的人，沒有勇氣自其間逃出來，而我們逃出來了。」

我吃了一驚，心想從他們的話中聽來，這一男一女，倒像是什麼窮兇極惡的逃獄犯人。

我在驚呆之間，那女人又吸了一口煙，將煙筆直地自她的口中，噴了出來：「大學的講壇，陰森的圖書館，毫無生氣的研究所，永無止境的科學研究，先生，太可怕了，我們是從這些可怕的東西中逃出來的，我、不再是研究員帕德拉博士，他，也不再是漢經尼教授，你以為我們怎麼樣？」

我實在呆住了，那女人望定了我，我在她的神情上，可以看出，她斷不是在胡言亂語，她所說的，全是真實的話。

然而，又豈真的有這種事？

在那一剎間，我沒有別的話好說，只是搖着頭，那女人走過去，雙臂掛在那大漢的身上，我囁嚅道：「那麼。你們現在，在做什麼？」

那女人指着大漢的臉：「他在一間洗衣舖送貨，我洗地板，我們過得很好，比那些沒有勇氣逃出來的人，幸福得多了！不過亨利不明白，所以他要離開，每一個人都有選擇如何生活的權利，我不應該干涉他，硬將他找回來的，是不？」

我覺得沒有什麼可說的了，這一男一女，神經都可能有點不正常。

我也不想久留下去，因為我得不到什麼，我連聲向他們說着對不起，一面向門口退去。

當我退到了門口的時候，那女人像是忽然想起了什麼事一樣，伸手向我一指：「對了，亨利在失蹤之前，曾經給我看一樣東西，他說是拾回來的，你可要看看？」

我有點無可不可地道：「好的！」

那女人走過去，走到一張桌子之前，拉開抽屜，將亂七八糟的東西，撥在一邊，抽出了一張硬卡紙來。

那張硬卡紙，約有一呎見方，她將那張硬卡紙，交給了我。

我向那張硬卡紙看了一眼，不禁呆了半晌。

那張硬卡紙上，全是一些直線，有的直線，重複又重複，變得相當粗，有的，則重複的次數較少，但乍看來，重複得次數最多的那些，是一個類似五角形的圓形，還有一些，則組成大小不同的三角形或四邊形。

我問道：「這是什麼東西？」

那女人道：「我不知道，你要是喜歡，只管拿去，我管不着。」

這樣的一張硬卡紙，我要來其實也一點用處都沒有，但是我想到，那是亨利拾回來的，而那大包影片，也是亨利拾回來的，或者這張硬卡紙上的線條，可以作別的解釋也説不定。

所以，我將之夾在脅下：「謝謝你！」

那一男一女兩人，像是我已經不存在一樣，我退了出來，來到了街道上，吁了一口氣。

這一個上午，我又走了不少地方，去打聽亨利的下落，甚至到警方去查問過，可是警方的回答是，根本沒有人來報告亨利的失蹤，所以他們也無法插手這件事。

中午，我回到酒店，午餐之後，我到了科學家協會。

我可以有在科學家協會自由活動的權利，這一點，是田中正一特別吩咐過協會的職員的。

所以，當我到達之後，揀了一張舒服的沙發，坐了下來，職員立時替我送來了熱辣辣、香噴噴的咖啡，當我喝到一半時，安橋加來了！

這個吉普賽人，現在雖然是權威科學家了，可是他走路的姿勢，看來仍然像是吉普賽人。

他在我對面，坐了下來：「怎麼樣，事情有什麼進展？」

我道：「可以説一點進展也沒有，我只不過見到了亨利的姐姐。」

安橋加皺着眉：「那有什麼用？」

我直了直身子：「你聽説過有一個研究員，叫帕德拉的？」

安橋加笑了起來：「這個城裏，具規模的研究所有好幾十個，研究員以千計，我怎麼能每一個人，都説得出來。」

我道：「這位帕德拉小姐，可能有點特殊，她將科學研究工作的場所，形容為可怕的地獄，而她卻鼓起勇氣，逃了出來，現在卻在做清潔工作！」

我以為安橋加聽了我的話之後，一定會驚訝不止的，但是出乎我的意料之外，他卻一點也沒有什麼驚訝的神情，只是淡然地道：「這並不算什麼，這樣的人很多，我識得一位幾間大學爭相聘請的科學家，他卻什麼也不幹，在公園當園丁！」

我真正的給安橋加的話，嚇了一跳：「真有這樣的事，為了什麼？」

安橋加沉默了片刻，才道：「心理醫生說，這是職業厭倦症，而我卻感到，那是一種壓力，一種人無法忍受的壓力所造成的！」

我有點不明白地望着安橋加，安橋加的神情很嚴肅：「人的生命很有限，為了要使自己成為一個科學家，至少得花上三分之一的生命，然後，另外三分之二的生命，幾乎在同樣的情形下渡過，只不過物質生活上略有不同，這種壓力，使得很多人，寧願拋棄已得到的一切，再去做一個普通人！」

我聳了聳肩，打趣地道：「這是什麼話，像你那樣，不見得還會想隨着開篷車到處去流浪吧！」

我這樣說，是因為安橋加是一個吉普賽人，而且我也預料到，以安橋加的學識而論，他聽了我的話，不見得會生氣的。

可是，在我的話一出口之後，安橋加的神色，卻變得極其嚴肅，低着頭，半晌不出聲。

我一見這樣情形，心中不禁很後悔，我和他究竟不是太熟，或許不應該以他的民族生活來打趣的！

正當我想找一些什麼話，來扭轉這種尷尬的氣氛之際，安橋加自己抬起頭來：「去年，我到歐洲去，在匈牙利邊境外，見到了我出生的那一族，我的叔祖父還在，他問我：孩子，你在幹什麼？我告訴他：我現在已經是一個科學家了！他又問我：孩子，科學家是什麼？我用最簡單的話告訴他：我們研究科學，使人類的生活，過得更好！」

安橋加講到這裏，略停了一下，向我望了一眼：「他還是不明白，於是，我將我每天的工作，約略地講給他聽，你猜他聽了之後怎麼說？」

我反問道：「他怎麼說？」

安橋加苦笑了一下：「他老人家的聲音發顫，道：可憐的孩子，原來你現在的日子，是如此之枯燥乏味，還是回來吧，我們這裏，沒有科學，可是天天有唱歌、跳舞，有無窮的歡樂！」

安橋加講到這裏，停了下來，我也不出聲，他停了很久，才緩緩地道：「所以，如果你以為我不想回去，重過吉普賽人的歡樂生活，你錯了！」

我接連吞下了三口口水，說不出話來，安橋加伸了一個懶腰：「康納士博士，並不是第一個自殺者，但因為有了那些影片，所以我們才要調查。」

我嘆了一聲：「難怪我看到街頭有許多衣冠楚楚的醉漢！」

安橋加笑了起來：「那有什麼稀奇，我也曾醉倒在街頭，甚至和人打架，真痛快！」

我揮了揮手，這純粹是無意識的一個動作，由於我無法明白安橋加的話。

我決定將話題引回來，我道：「亨利自從和你見面，將影片交給你之後，好像就此失了蹤，他還有一張卡紙，也是拾回來的——」

我將被我捲成了一卷的卡紙，攤了開來，給安橋加看：「你看這些線條，是什麼意思？」安橋加將紙接過去，橫看豎看，結果還是搖着頭：「我不明白，看來好像是什麼結晶體的結構，像是顯微鏡中放大的結果。」

我道：「有科學上的價值？」

安橋加皺着眉：「很難說，但是我們可以等到晚上，有更多的人來了之後，給他們傳觀，一定會有一個答案的。」

我道：「好的，先將它放在這裏再說。」

我不想帶着這張紙到處走，而且，我認定它不會有什麼大用處，所以才這樣決定的。

日間，到這裏來的人並不多，安橋加在不久之後也告辭離去。

整個下午，我仍然在城中，找尋亨利的下落。我接觸的人，範圍愈來愈廣，但結果卻是一樣，近兩個星期來，沒有人見過亨利。

我沒有辦法可想，亨利可能早已離開這個城市，到別的地方去了，他也有可能，遭到了不可測的意外，但不論怎樣，我一點線索也得不到。

我只好轉移向康納士博士的熟人，調查康納士博士的生活情形。

我的調查，費了好幾天時間，但是，進行得還算是很順利。

因為認識康納士博士的人，全是科學界的人士，而我，根本是他們請來的，所以我有問題，他們總是盡他們所知地告訴我。

然而，進行得儘管順利，我的收穫，卻微之又微。幾天來的訪問，歸納起來，使我知道，康納士博士，是一個醉心於科學的人，他的生活很簡樸，收入很好，大多數的錢，投資在地產上，由一間公司代理。

這間公司，也毫無可疑之處，他們已整理出了康納士博士的遺產，捐給了大學當局。

康納士的死，沒有人可以得到任何好處。只有人感到損失，既然情形如此，那麼，還有什麼人會下手殺他？他的死，是死於自殺，那是更無疑問的了！

我也曾和康納士的管家婦談過幾次，管家婦說，博士在家中，除了有人來造訪之外，幾乎不開口講話，我花了大半天時間研究博士的訪客，發現每一個人都可以找得出是什麼人來，只有一個是例外。

這一點，我認為是近十天來最大的收穫，是以非記述得詳細一點不可。

根據管家婦的話，有一個「瘦削、約莫五十歲，棕髮，半禿，目光銳利得像鷹隼一樣」的男子，曾在博士死前兩天，造訪博士。

這個男子是一個陌生人，他和博士談了一會。博士便和他一起離去，約莫兩小時之後才回來。

這本來也沒有什麼特殊之處，特別的是，這個男人，我找不出他是什麼人來，他顯然不是博士常來往的這個圈子中的人物，而他出現過一次之後，也沒有再度出現，他出現的時間，又是博士死前的兩天。

我請了兩位美術家，將管家婦形容的那人，繪了出來，管家婦看過，認為滿意了，我才拿着繪像，去和警方聯絡。

在警官的辦公室中，我碰了一個不大不小的釘子，那警官告訴我，像繪像上的那種男人，本城至少有三千個。

我自然又着手找尋那個人，可是仍然一無所獲，事情看來已沒有轉機，我再在這裏耽下去，已經是全然沒有意義的事情了。

像這次事情那樣地有頭無尾，在我的經歷中，是少之又少的，但是，卻也是無可奈何的事。

因為，我是接受委託，來調查康納士博士的死因的，這一點，可以說已經有了結果，因為不論從哪一方面來看，康納士都是自殺的。

但是，事情卻還有疑點，那整整一年，記錄着康納士博士戶外活動的影片，亨利的失蹤，那個男子的身分等等，這一些疑問，如果得不到合理的解釋，那麼，整件事仍然是有頭無尾的。

所以，當我要離去的時候，我心中十分不快樂，科學協會在早一晚，替我舉行了一個餞別的宴會，由於大家都知道我白走一趟，所以，沒有人再提起康納士博士。

第二天一早，我也不要人送，就自己提着箱子，上了街車，直赴機場。

我到機場的時候還早，所以交妥了行李之後，就在機場的餐廳中坐了下來。

那天的天色很陰沉，再加我的心情不暢，是以總覺得有一股說不出來的不舒服之感。我坐着，還是將事情從頭至尾地想了一遍。

不知道從什麼時候開始，我覺得有人在注意我。

那是一種直覺，其感覺像是有人將手指伸近你的額前，你不必等到他的手指碰到你的額前，就可以感到有這件事一樣。

我抬起頭來，果然，在離我不遠處的一張桌子上，有一個年輕人正在望着我，而當我向他望過去之際，他不但不迴避，反倒站了起來，向我走過來。

他直來到我的面前，帶着微笑：「我可以坐下來麼？」

由於我心情不好，所以我的回答，也不怎麼客氣，我硬板板地道：「那要看你有什麼目的？」

那年輕人態度很好地笑了笑：「只不過想和你談談，衛先生，我叫白克，這是我的證件。」

他一面說，一面將一份證件，送到了我的面前，我向證件看了一眼，對這個年輕人的敵意消去了不少。

根據那份證件所載，這個叫着白克．卑斯的年輕人，是國家安全局的「特別調查員」。

我向他笑了笑：「你的名字很有趣，請坐！」

白克拉開了椅子，坐了下來，雙手反叉着，一時之間，像是不知道說什麼才好。我道：「你有什麼話，請快點說，我就要走了。」

白克搓着手：「衛先生，我請你不要走，我不知道我的請求，是不是有用，因為我不是代表我所服務的機構作這樣的請求，那純粹是我私人的請求。」

白克的說話，略嫌囉嗦，可是卻將事情說得十分明白，我喜歡這樣的人，這證明他是一個十分有頭腦和有條理的人。

我揚了揚眉：「為了什麼？」

白克道：「簡單地說，為了康納士博士的死。」

我皺起了眉，想說什麼，但是我還未曾說出來，白克已然搶着道：「你一來，我們就注意你了，也知道你在這些日子來做的工作。」

我笑了笑：「原來對我這樣關心。為什麼？安全局不是不理這件事麼？」

白克也笑了起來，做着手勢：「安全局不是不管，而是將事情交給了我。」

白克講到這裏，略頓了一頓：「將事交給我去調查，這就是說，這件案子，在法理上而言，已經可以作定論了，但是還有少許的疑點。我的工作是完全不受時間限制的，而且，也不一定要有結論，因為整件案子，已有了結論。」

我道：「我明白，所以你的職務，是特別調查員。」

白克道：「你所做的工作，我也做過，同樣，也沒有結果。」

我道：「既然你的工作不一定要有結果，那你似乎也不必深究下去了。」

白克卻搖了搖頭：「在我的職務上而言，我完全可以不必再調查下去，但是對我個人而言，這卻是一個極嚴重的挑戰。」

他又停了片刻，才道：「我們已知道，在一年之內，有人不停地跟蹤康納士博士，這需要相當大的財力和精力，決不會有人無緣無故去做這件事，就算康納士博士百分之一百是自殺的，這個跟蹤、攝影的人，對他的自殺，也一定有極大的影響，我們必須找出這個人來，不然，同樣的事，可能發生在另一個科學家的身上。」

白克說得很認真，語氣也很肯定。

這一點，我和他不同，我也想到他提出的這個疑點（人人都可以知道這些電影是大疑點），但是，我卻沒有那樣肯定的結論。

我當時並不作任何表示，白克又道：「我也在調查亨利的下落，我也注意那個曾去訪問過康納士博士的陌生人，但是——」

我攤着手：「同樣沒有結果，是不是？」白克苦笑了一下：「是的，這件事交到我的手中，我非要將一切疑點，全解釋清楚不可，我想，你應該可以幫我忙。」

我道：「我已經無能為力了！」

白克道：「或許，我們疏忽了什麼地方，以致一點頭緒都沒有？」

我道：「我們並不是沒有頭緒，只要找到了亨利，和那個不知姓名的男人，事情就一定可以有進一步的發展，問題是找不到他們！」

白克直視着我：「關於亨利，我倒有一個進一步的消息。」

我大感意外：「怎麼樣？」

白克又道：「或者不能說是和亨利有關，那是另一件懸案，可能和亨利有關，有一具被燒焦的屍體，在一輛舊汽車中發現，法醫斷定年紀是十三歲，男性。除了這兩點之外，沒有任何別的資料。

我呆了半晌：「在什麼地方？什麼時候？」

白克道：「這一點，對我的猜想最不利，地點距此一千三百里，一個小鎮，時間是他失蹤後的第三天。」

我道：「一個少年，很不可能在三天之內，跑到一千三百里之外的地方去的。」

白克道：「除非他搭飛機。」

我笑了笑：「當然。但是他如果是搭飛機的話，很容易查出來的。事實上，我在各航空公司已經調查過乘客的名單了。」

白克嘆了一聲：「我也查過。」

我吸了一口氣：「我相信你調查的結果，是和我一樣的！」

白克苦笑着，又搖了搖頭：「我想是一樣的，亨利沒有搭過飛機。」

我攤手道：「那我們不必討論下去，在那個小鎮上的焦屍，不會是亨利了！」

白克卻搖着頭，不同意我的結論：「也不盡然，我們所調查的，全是公共的航空公司，有許多私人飛機的飛行，我們是查不到的。」

我又呆了半晌，白克那樣說，自然是有道理的，但是，為什麼有人要將亨利這樣一個少年，弄到一千三百里之外去將之殺害呢？

我之所以立時想到亨利是被人弄走的，因為一個少年人，決無能力以私人飛機這樣的交通工具，去到一千三百里之外的。

我望着白克，白克顯然知道我在懷疑什麼，他道：「我想，亨利致死的原因，是他撿到了那一大包影片。」

我眉心打着結：「那怎樣會，亨利拾到那一大包東西，他未必知道這包東西屬於什麼人的，而且，就算有人要殺他，為什麼不在本地下手呢？」

白克道：「如果是我，我也不會在這裏下手，因為亨利如果死在本城，安全局立時會想到，康納士博士的死，和這些電影有密切的關係，立即會展開大規模的調查，那對兇手是不利的。」

我深深吸着氣，點燃了一支煙，徐徐地噴了出來：「現在，你希望我做什麼？」

白克道：「我在前天得知這具焦屍的消息，他是不是亨利，我全然沒有證據。但如果事情有證據的話，也輪不到我來調查了。現在，我準備到那小鎮去調查，想請你一起去。」

機場的擴音器，已經傳出了召旅客上機的呼喚，我的心中很亂。

如果亨利真的被謀殺了，那麼，康納士博士之死，就絕對有深入調查的必要！

我在考慮着的時候，白克一直望着我，一聲不出。

我在吸完支煙之後，用力揿熄了煙蒂，站了起來，道：「好，我和你去！」

第四部

追查少年的下落

白克高興得立時雙手抓住了我的手，用力搖着，我笑道：「我得快點去辦退票手續——哎呀，我的行李，已經上了飛機。」

白克道：「真抱歉，我想我替你增添了不少麻煩，真對不起。」

我笑道：「那是我自己願意的。」

在航空公司職員絕不客氣的接待之下，我辦了手續，又打了一個長途電話，請前站機場，替我代存行李，然後我立時和白克上了另一班飛機——原來白克已經買定了兩張機票，他好像知道我一定會答應的。

兩小時之後，我們下了機，機場上有人迎接白克，將一輛車子交給了白克。白克駕着車，直向小鎮駛去。我道：「如果查到殺死亨利的兇手是什麼人，事情就有眉目得多了。」

白克搖着頭，道：「我不像你那麼樂觀，我只要求證實那死者是亨利。」

我不和他爭執，因為基本上，我們兩人的意見，並沒有分歧，自然，先要證明那死者是亨利，才能進一步去追查兇手的。

等到到達了那個小鎮，白克首先將車子駛到當地的警局，這個小鎮，並沒有屍體保留的設備，屍體在經過法醫的詳細檢查之後，已經埋葬了，但是在警局中，卻留下了詳細的記錄。

白克和我在警局的辦公室中，看到了大疊的相片，首先看到的，是焦屍在車中的照片，那輛車子，也燒得只剩下了一個黑架子。

屍體在未曾搬出車子之時，是蜷曲在車後座的。

屍體搬出來後，如果不是我事先知道，單看照片，簡直無法相信那是一個人，老實說，單從照片看來，實在和一段燒焦了的木頭，沒有任何分別。

我們看完了照片，一個警官向白克道：「我們已展開過廣泛的調查，本鎮上沒有少年失蹤，所以，可以肯定他是外地來的。」

我和白克兩人，互望了一眼，我道：「有沒有人見過陌生的少年？」

這是一個很小的小鎮，我看居民不過一千人左右，在這樣的小鎮上，多了一個陌生人，是很容易引起人注意的，我的問題，絕不算突兀。

那警官道：「有，有一個老人，在清晨時分，看到一個男人，和一個少年，全是陌生的，那男人拉着少年，急急地走着。」

白克叫了起來，顯然是他太興奮了：「那個老人呢？謝謝天，快請他來！」

那警官卻搖着頭：「發現屍體之後，我們曾問過他，屍體是在一個木料場附近發現的，他就是木料場的看守人。」

白克已有點急不及待了：「不管他是什麼人，快去請他來！」

那位警官倒很幽默：「現在，沒有任何人可以請他來！」

我和白克陡地一呆，異口同聲道：「他死了？」

那位警官攤了攤手，我和白克立時互望了一眼，在那一剎間，我們雖然沒有說話，但事實上，是根本不必說話的，剎那之間，我們兩人的共同感覺是：這件事的犯罪性，又進了一步！

我立時問道：「那位老人是死於意外的？」

警官聳聳肩：「可以這樣說，也可以說他是死於自然的，他是一個吸毒者，醫生說他的死因，是注射了過量的毒品。」

白克托着下頷，一聲不出，我又問道：「他是什麼時候死的？我的意思是，他在告訴了你們，曾見過一個陌生的少年和男人之後多久死的？」

那警官像是吃了一驚：「你的意思是，這老頭子是被人殺死的？」

我點了點頭，那警官卻搖着頭：「不可能，誰也不會殺老麥克的。」

我立時道：「那男人會，那男人可能就是謀殺孩子的兇手，而老麥克見過他，會形容出他的樣子來！」

那警官聽得我這樣說，一副想笑的神氣，但是卻有點不好意思笑出來，我忙道：「怎麼，這有什麼可笑，你們早該想到這一點！」

那警官終於笑了出來：「老麥克是一個吸毒者，又是一個醉鬼，他的話，根本沒有人相信，他甚至說在山中見過獨角馬，你相信麼？要是那人知道這種情形，他決不會對老麥克下手的！」

白克直到這時才開口，他冷冷地道：「他還是會下手的，你們不相信老麥克的話，我們會相信。」

白克頓了一頓，那警官現出了很尷尬的神情來，我道：「你們當然未曾記錄老麥克的話，也未曾根據老麥克的敍述，將他看到的那少年和男人的樣子畫出來了？」

那警官又攤了攤手：「兩位，你們要知道，我們這裏是小地方，我是一個小地方的警長，平時的工作，最嚴重的不過是驅逐到處流浪的嬉皮士，檢查他們是不是帶着毒品……」

他講到這裏，白克便揮手打斷了他的話頭：「行了，請你帶我們去看看那少年屍體發現的所在！」

那警官的態度又輕鬆了起來：「好，喂，那少年是大角色？」

白克瞪了他一眼，道：「在我們國家裏，任何人都是大角色，一個人死了，不管他是什麼人，總得查出他致死的原因來！」

那警官又聳了聳肩，或許小地方的警務人員，是這樣的一副不在乎的神態的，但是我和白克，顯然絕不欣賞這樣的工作態度。

那警官和我們一起離開，他駕着一輛吉普車在前面開路，我們駕着自己的車子跟在後面。

出了小鎮，是一條十分荒僻的公路，不多久，便上了崎嶇的山路，汽車駛過，揚起老高的灰沙，上了山路之後不久，就已經看到路旁，有一大片被燒焦的灌木，在被燒焦了的灌木叢中，有一輛汽車架子，也是被燒焦的。

我們停了車，一起下來，向前走去，白克和我並肩走着，他一下車就道：「這是故意縱火造成的，在縱火前，兇手至少用了十加侖汽油！」

我同意白克的見解，雖然我不是這方面的專家，白克一直來到車子之前，那位警官並沒有跟來，只有我跟在白克的身邊。

白克用手拔開了被火燒得扭曲的車頭蓋，自身邊取出一柄小刀來，在汽車機器上刮着，在刮下了一層焦灰之後，車子機器上，現出了一組號碼。

白克指着號碼，望着我，我知道，憑汽車機器上的號碼，是可以查出這輛汽車的來路的，是以立時用小本子，將這個號碼記了下來。

我一面記下了這個號碼，一面心想，這小地方的警官，也實在太懶了，竟連這功夫都沒做。

白克又繞着被燒毀了的車子，轉了一轉，拉了拉車門，道：「車門是鎖着的，可憐的亨利，他可能是困在車內，被活活燒死的。」

我沒有立時出聲，和白克的看法不同的是，白克已一口咬定那少年就是亨利，但是我卻對之還有懷疑。

我道：「如果這少年是亨利，那麼，他必然是搭飛機前來，這輛車子，可能是離這裏最近機場的城鎮中租來的，那麼，我們調查的範圍不會很大，這是一個很大的收穫。」

白克點着頭，用力在車身上踢了一腳，轉身走開去，那警官道：「怎麼，有什麼發現？」

白克顯然不願意和他多講什麼，只是冷冷地道：「沒有什麼。」

那警官卻還在發鴻論：「我給上級的報告是，這少年是個偷車賊，偷了一輛車子，駛到這裏，車子失事撞毀，燒了起來。」

白克忍不住道：「那麼，請問失車的是什麼人？」

那警官瞪大了眼睛：「這，誰知道，我不是說過，他是從別的地方來的麼？」

我已來到了白克的身邊，拍了拍他的肩頭，和他一起上了車。

回到那小鎮之後，我們住進了一家酒店，立時開始工作，白克不斷地打出長途電話，像這樣，憑機器上的號碼，來追尋一輛車子的下落，如果在沒有電話的時代，至少要一個月。

但現在，到了晚上，我們就有了結果。

這輛車子，是一九六五年出廠的舊車，經過很多個車主，最後，是落在綠河市的一個舊車商手中。我們打開地圖，綠河市離我們現在的小鎮，不過一百二十里，而且，綠河市也有飛機場，可以供小型客機起飛和降落。

我和白克都極其興奮，我們立時駕車到綠河市而去，一路上，白克將車子開得十分快，我們趕到綠河市的時候，天還沒有全亮。

很容易找到了那個舊車商，白克出示了證件。

那舊車商是一個禿頭大肚子的男人，他雙手一拍：「好，算我倒霉，當你買進一輛舊車的時候，是沒有法子知道他是不是偷來的，你們要哪一輛？」

白克搖着頭：「我們不是來找失竊的舊車的，大約在十四五天之前，你曾出售一輛一九六五年款式的舊車，機器號碼是——」

白克說出了那號碼，舊車商打開了一疊帳簿來，翻看，道：「是的，這是最便宜的一輛，只要兩百元錢，不過車子實在很舊了。」

我和白克互望了一眼：「買主是什麼樣的人？」

舊車商側着他的禿頭：「買主……對了，也是在這個時候來買的，一個男人，和一個少年，兩個人，那男人第一句話就問我，有沒有最便宜，而且又可以行走的車輛，我就介紹了他那一輛。」

他講到這裏，又略頓了一頓，「怎麼樣，有什麼不妥？」

我已經取出了那男子的繪像，和亨利的照片來，道：「是這兩個人？」

舊車商只看了一眼就道：「不錯，就是他們，這男人付錢倒很爽快！」

我興奮得幾乎叫了出來，因為我終於又找到了一個見過那神秘男子的人。

白克的聲音，也十分興奮，他道：「你應該向他索取駕駛執照作登記的，快查登記簿！」

舊車商卻現出尷尬的神色，半晌不回答，白克吼叫道：「你沒那樣做，是犯法的！」

舊車商的神色更尷尬了，他勉強笑着，搓着手：「先生，你要知道，我們這裏是小地方，有的時候，為了顧客的要求，就……就……」

他涎着臉乾笑着，白克憤怒得漲紅了臉，緊握着拳頭。我自然可以看得出，一個人的憤怒，在什麼時候，已到了難以克制的地步。白克這時的情形，就是那樣。

我立時跨前了一步，而就在這時，白克已然一聲大叫，揮拳向舊車商的大肚子擊了出去。

幸虧我先跨出了一步，能夠在白克一出拳的時候，立即伸手推了他一下，推得他向旁跌出了一步，那一拳，才未曾擊中舊車商，而打在一輛車的車門上。

白克顯然是練過空手道功夫的，因為他一拳打了上去，「砰」的一聲響，那車子的車門上，竟然出現了一個相當深的凹痕！

舊車商嚇得呆了，面上的胖肉，不住發顫，白克倏地轉回身來，我已大聲喝道：「白克，打他也沒有用。」

白克怒吼道：「這肥豬，由於他不守法，我們的辛苦，全都白費了。」

白克那樣說，自然是有道理的。

我們所亟欲晤見的，有兩個人，一個是亨利，一個就是那神秘男子。如果亨利已經死去的話，那麼，那神秘男子在整件案子中，就更加重要。如果這舊車商登記下了他的駕駛執照中的一切，那麼，我們就至少可以知道這神秘男子的身分了。

我心中雖然那樣想，但是為了怕事情進一步惡化起見，我反倒安慰白克：「不一定，那傢伙很容易假造一張駕駛執照的！」

白克在喘着氣，仍然極其憤怒，我向那舊車商問道：「他買了車之後，又怎麼樣？」

舊車商立時道：「沒……沒有怎樣，他和那少年一起上了車，駛走了，好像是向南去的。」

發現那具少年焦屍的小鎮，正在綠河市以南，看來，死者就是亨利了，又多一項證據了。

我向舊車商走近，伸手按在他的肩上：「他對你說了一些什麼，或者是他和那少年之間說了些什麼，你要盡你記憶，全講出來。」

舊車商忙道：「是，是，其實沒有什麼——」

他以恐懼的眼光，望了望我，隨即又道：「我聽得那少年問這男人：我們的目的地，究竟在什麼地方？那男人的回答是：快了！」

我又道：「那男人有沒有表示他們是從哪裏來的？譬如說，他們有沒有提及，他們是用什麼交通工具，來到綠河市的？」

舊車商道：「我不知道……真的……我沒有聽到他們提起過。」

白克也走了過來，他的憤怒已平抑了好些，他冷冷地道：「衛，走吧，在這肥豬的口中，是問不出什麼來的了，我們到機場去問問。」

我又望了望那舊車商一會，知道在他的口中，實在問不出什麼來的了。

白克說得對，我們在舊車商這裏，既然問不出什麼，那就該到機場去，因為亨利除了搭飛機之外，決不可能在那麼短的時間內，來到綠河市的。

我們一起離開，白克將他的怒氣，全發泄在駕駛上，他簡直是橫衝直撞，直闖到機場去。

到機場的時候，天色已經很黑了，那機場，實在簡陋得可以，事實上，只不過是一片平地而已，當然，能夠降落的，只是小型飛機。

有一列建築物，隱約有燈光透出來，這樣的機場，當然不會有什麼夜航的設備，可是建築物中有光芒，表示那裏有人。

白克一面按着喇叭，一面仍不減慢速度，直來到建築物的門口，車子在劇烈的震動下停了下來，只見一個男人，手中揸着一罐啤酒，走了出來，顯得十分惱怒。

白克推開車門，走了出來，那男子怒喝道：「你下次再這樣來，我會讓你知道你能得到什麼招待！」

白克冷冷地望了他一眼，就取出了證件來讓那男子看，那男子呆了一呆，「哦」地一聲：「安全局，有什麼事？」

白克道：「誰是負責人？」

那男子道：「我是，有什麼事，只管問我好了！」

白克道：「進去再說！」

他一面説，一面就要走進去，可是那男子卻立時伸開了手臂，阻住了白克的去路，喝道：「別進去！」

白克呆了一呆，我也走了過來，那男子神情又驚慌，又緊張，攔在門口，大聲道：「別進去，有什麼話，就在這裏説好了！」

白克冷冷地道：「我們要查近半個月來的飛機降落的記錄。」

那男子立時道：「那麼，請到辦公室去。」

白克冷冷地道：「為什麼不讓我們進去，你在屋中，藏着什麼？」

那男子神色陡地一變，白克已突然伸手，將他推向一旁，那男子的身手，也極其敏捷，立時將手中的啤酒罐，向白克當頭砸了下去。

我陡地踏前，一揮手，將那男子手中的啤酒罐，拍了開去，同時左臂一橫，已經擊在那男子的頭上，那男子身子向後退，「砰」地一聲，撞在門上！

就在這時，只聽得屋子之內，有女人的聲音叫道：「別打，喬治，讓他們進來好了，我不在乎，這種偷偷摸摸的日子，我過厭了！」

隨着聲音，只見一個身形相當高大的紅髮女子，一臉不在乎的神氣，從屋內走了出來。

那紅髮女郎十分妖冶，我和白克互望了一眼，白克本來還惡狠狠的向那叫作喬治的男子衝過去，但是他一看到了那女人，立時將揚起了的手，垂了下來。

我不禁苦笑了起來，我來到這個國家，本來是為了來調查一個科學家之死的，卻不料在調查的過程中，竟看到了那麼多眾生相！醉酒的大學教授，不負責任的警官，通姦的男女，放棄原來職業的科學家，只顧賺錢的舊車商……這倒像是這個國家另一面的縮影。

白克已然對喬治和那紅髮女郎，發出了抱歉的一笑：「對不起，打擾了兩位，我們對兩位的事情，絕不會有興趣！」

他講到這裏，略頓了一頓，喬治的神情，還是很緊張，白克忙又道：「我們只是過路人，想調查一架曾在這裏降落的飛機！」

喬治立時轉過身，推那個紅髮女郎進去，一面回頭向我們道：「請等一等！」

他和紅髮女郎一直走了進去，約莫過了五分鐘，喬治才走了出來，提着外衣：「請到我的辦公室去！」

我們自然不會去問他和那紅髮女郎之間達成了什麼協議，只是跟着他，來到了另一幢建築物之中，他着亮了燈，拉開了文件櫃，將一大疊文件，取了出來。

白克和我，立時走過去翻閱着。

那是綠河市機場的飛機升降記錄，我們急速地翻着，翻到了舊車商賣出車子的那一天，那一天，只有一架飛機降落，飛機是屬於一位恩培羅先生的，這位先生，和他的三位朋友，一起降落，當晚就飛走了。

這位先生，顯然不是我們要找的對象，我們又翻到前一天，前一天，有兩架飛機降落，一架是一間體育學院的學生，另一架，是三個度假的女人。

我和白克互望了一眼，白克道：「記錄全在這裏了？」

喬治有點不耐煩：「我為什麼要隱瞞？」

我取出了亨利的照片，和那神秘男子的繪像來，道：「你可曾見過這兩個人？」

喬治看了一眼，便用十分肯定的語氣道：「沒有，從來也沒有見過。」

白克手握着拳，在桌上重重捶了一下：「不可能！」

我立時又道：「在這裏附近，還有沒有別的地方，可供飛機降落？」

喬治道：「自然有，河灘旁，以及山谷中的平地，駕駛技術高超的人，都可以使小型飛機在那裏降落。」

我感到又有了一線希望：「那麼，有飛機在上空經過，你是不是有記錄？」

喬治叫了起來：「你在說什麼笑話，那怎麼可能？現在，天上的飛機，比地面上的汽車還要擁擠，我怎能記錄下來？」

白克憤怒地合上記錄，嘆了一口氣，喬治道：「已經查完了麼？」

白克由於失望，已經講不出話來，我代他答道：「謝謝你的合作，查完了！」

喬治搓着手：「剛才你們見到的那位，並不是我的太太，希望你們諒解！」

我道：「你放心，我們自己的事都忙不過來，不會對你的事有任何興趣的。」

喬治道：「那就好了！」

他和我們一起走出去，白克和我上了車，白克駕車駛離了機場，苦笑着道：「明明有頭緒了，可是又變得一點線索都沒有！」

我也苦笑着：「這個神秘男子，他一定是利用飛機到這裏來的，我看他行事十分小心，一定不在機場降落，我們的線索，還不算全斷，我們可以去他起飛的城市調查。」

白克道：「你以為他從維城起飛？」

我立時道：「就算他不從維城起飛，起飛的地點，也一定不會離得太遠，這一點是可以肯定的！」

白克點了點頭，他又顯得高興起來：「走，到酒吧去，我請你喝酒！」

車子駛進了市區，白克看到了霓虹燈的招牌，將車子駛近，停了下來。

當我們推門走了進去的時候，白克好像很自然，但是我卻着實嚇了一跳。

綠河市，正像舊車商所說的那樣，是一個「小地方」，可是那家酒吧倒不小，有很多桌椅，可是大多數人，卻躺在地上，男男女女躺在一堆，由於他們的頭髮和衣著都差不多，只可以說，東一堆，西一堆地躺着很多人，根本分不出他們的性別來。

這些人，從他們的那種神情看來，顯而易見，是服食了某種藥物的，他們有的在大叫，有的在接吻，有的在喃喃自語，不過同一樣的是，在這些人的臉上，都有着一種滿足的神情。

自然，也有人坐在長櫃上，和桌子旁邊，這些人，看來卻是愁眉苦臉的居多。

一隻唱機，在發出震耳欲聾的音樂。電視機上，一個大人物正在演講，可是卻沒有聲音發出來，只看他嘴唇開噏，揮着手，襯上眼前的情景，看來更叫人有一種十分滑稽之感。

我和白克盡量小心地向前走去，但是還不免踏中了幾個人，被我們踏中的人，也毫不在乎，我們一直來到了櫃前，坐了下來。

正在抹杯子的酒保，以一種疑惑的神色，望着我們，那自然是因為我們是陌生人的緣故。可是當白克叫了一瓶酒，急不及待地喝了一杯之後，那酒保就變得笑容可掬了，他搭訕着道：「外地來的？」

我道：「是啊，這裏不歡迎外來的人？」

酒保笑道：「當然不，這裏不歡迎所謂清醒的人，我們歡迎任何醉客！」

我不禁苦笑了一下，也喝下了一口烈酒，酒保望着我，低聲道：「你一定曾想過，酒已經不夠刺激了，酒不能使你進入什麼都有的理想世界！」

白克用力伸手，推開了那酒保：「別向我們推銷迷幻藥！」

酒保碰了一個釘子，立時走了開去，長櫃的另一邊，有兩個女人望着我們，故意發出嬌笑聲，我嘆了一聲，正準備站了起來，忽然聽得有人大叫道：「真的，我看到有人自空中掉下來！」

隨着那人的語聲，是一陣哄笑聲。

我循聲看去，只見説話的是一個老頭子，留着山羊鬍子，酒正順着他的鬍子在向下滴，他睜大眼睛，瞪着同桌在哄笑的人。

一個中年人指着那老頭子：「你二十四小時都在喝酒，看到有房子自空中掉下來，也不稀奇！」

那老者大聲道：「是真的，兩個人，一個還是小孩子，我不是說他們掉下來，他們有降落傘，飛機在我頭頂飛過，轟轟轟——」

他一面說，一面做着飛機飛過的手勢，口中還作出飛機飛行的聲響來。

在桌旁的那些人，仍然笑着，那老頭子卻說得十分正經：「兩個人從飛機上掉下來，接着，兩朵白雲也似的降落傘張開，他們落地，那少年人先站起來，我看到他們，他們沒看到我！」

我立時發現，白克也在聽那老頭子講話，我心中陡地一動，立時走了過去，手中拿着亨利的照片。

那一桌上的所有人，看到有陌生人走近，一起靜了下來，我將亨利的照片，送到那老頭子的面前，道：「從空中掉下來的少年，就是這個少年？」

那老頭子先望了望我，又望着照片，不住地點着頭：「是，就是這個孩子！」

他一面說，一面身子向前傾僕着，幾乎壓到我的身上，我用力一推，將他推回椅子去，立時後退，白克就在我的身後。

我們也不說話，一起出了那酒吧，進了車子。

白克道：「現在，已經很明白了，亨利死了。」

我點頭道：「是的，亨利被那男子帶到這裏上空，他們是跳傘下來的，所以機場上沒有飛機降落的記錄，白克，我看這事情，愈來愈複雜了。」

白克皺着眉：「是，弄一架飛機，跳傘，這都不是普通人做得出來的事！」

我吸了一口氣：「其實，我們早該想到這一點，試想，一年來不斷跟蹤康納士博士，拍攝他的生活，這又豈是普通人所能做得到的。」

白克望了我一眼：「你的意思是——」

我道：「是一個組織，一個很嚴密的組織。」

白克不出聲，他的神色顯得很凝重，過了半晌，他才道：「那是一個什麼樣性質的組織？」

我搖頭道：「當然無法知道，但是這個組織，一定對科學家十分注意。」

白克苦笑道：「可是，康納士博士，是自殺的！」

我的腦中十分亂，一點頭緒也沒有，白克顯然也和我一樣，駕着車在黑暗的公路上疾駛。

我們在午夜時分，回到了那個小鎮，到第二天一早就醒了，依着原來的路線回去。

我和白克的這次行程，可以說大有收穫，因為我們證實了亨利的死，也證實了那神秘男子，是殺死亨利的兇手。

我和白克都將亨利的死，和那些影片聯繫在一起，亨利的死因，就是因為他拾到了那些影片，自然，更可能的是，亨利還發現了什麼其他的秘密。

我們並且還得到了一個模糊的概念，我之所以稱之為「模糊的概念」，是因為那全是沒有具體的事實作為根據的一種想法。

我們的概念是：康納士博士之死，雖然證據確鑿，屬於自殺，但是其中有極濃的犯罪意味。我們並且料到，那是一個組織，或是一個集團所做出來的。

第二天下午，我們回到了科學城——我如此稱呼那個住着許多科學家的城市。

我和白克暫時分手，我住進了酒店，白克則去調查附近各地小型飛機的起飛記錄。我在休息了一會兒之後，離開酒店，毫無目的地走着。

當我發現自己，離開亨利的住所，愈來愈近的時侯，我停了下來，考慮着是不是要去通知亨利的姐姐，亨利已經死了！

但是我略想了一想，就決定不再前往，因為我覺得那女人連她自己都不關心，更不會關心亨利的死活。

我的心情很沉重，站在街頭，就在這時候，我發現街對面有一個女孩子正在注視着我。

我略呆了一呆，那女孩子大約十三歲，穿得很普通，梳着一條很粗的辮子，我裝着完全不注意，繼續向前走去，卻發現那女孩，一直跟着我。

我轉過了街角，停了下來，不一會，那女孩也急匆匆走了過來，我立時向她走過去：「你找我有什麼事？」

第五部

少年亨利的秘密

那女孩嚇了一大跳，站定了身子，在她臉上略現出驚惶的神情來，但是隨即鎮定了下來：「聽説你一直在找亨利？」

我點了點頭：「是的，誰告訴你的？」

那女孩道：「亨利的朋友，但是他們不知道一個秘密，我才是亨利最好的朋友。」

我心中陡地一動，亨利和這個女孩子年齡相仿，在這樣年齡的男孩子和女孩子之間，如果他們是「最好的朋友」的話，那是絕無秘密的。

我立時道：「看來，你好像有消息提供給我，關於亨利的？」

那女孩咬着下唇，點了點頭。

我看看天色已快黑了下來：「那麼，我可以請你吃晚飯，慢慢地談！」

那女孩高興地道：「那太好了！我一直希望能坐在麥家老店，吃他們的蜜汁烤小羊腿！」

我笑了起來：「好，我們就到麥家老店去吃他們的蜜汁烤小羊腿！」

麥家老店的蜜汁烤小羊腿，的確極其美味，但是更重要的是，我從麗拉

（那女孩子的名字）的口中，得到了極重要的線索。

麗拉告訴我：「亨利在臨走之前，曾經來找過我，向我說了很多秘密，他說，他要到很遠的地方去，叫我別告訴任何人！」

我望着她：「告訴我不要緊，我不會說出來！」

麗拉點着頭：「亨利說，他認識了一個男人，那男人有很多錢，願意買回他失落的一些東西，可是亨利不肯賣！」

我有點詫異：「為什麼！亨利不要錢？」

麗拉一本正經地道：「不是，亨利看出那人十分急想得回那東西，他說，可以逼那人出更高的價錢，那人也答應了，帶他去取錢。亨利將那包東西，放在一個朋友家裏。亨利說，他可以得到幾萬塊錢，那時，我每天都可以來這裏吃烤羊腿！」

我嘆了一聲，心中很替亨利感到難過。

麗拉又道：「亨利還告訴我那是一大包影片，和一張上面畫了許多線的紙——」

我陡地吃了一驚，在亨利家的那個桌子抽屜，我得到了那張紙，我從來也不以為這張紙有什麼重要性，想不到它也有作用的。

麗拉望着我，繼續道：「亨利說，他也看出那人不好對付，他說，如果他有了什麼意外——」

我心向下一沉，我想告訴她，亨利已經死了，但是我卻忍住了未曾說出口來。

麗拉道：「亨利說他曾偷聽到那男人打電話，他有一個電話號碼，如果他有意外，可以根據這個電話號碼，找到害他的人。」

我的心頭不禁狂跳起來，這是多麼重要的線索！

我望着麗拉，麗拉卻又道：「不過，我答應過亨利，不將這些事告訴別人的！」

我吸了一口氣：「你應該告訴我！」

麗拉吃着甜品，低着頭，我看到她睫毛的跳動，她顯然是不斷在眨着眼，她才道：「為什麼，是不是亨利有了意外？」

我感到很難告訴麗拉，亨利已經死了，所以，我還是不出聲。

麗拉仍低着頭：「亨利答應過我，不論他到什麼地方，去在什麼樣的情形下，他都會打電話給我，可是直到現在，他還是沒有音信，我想他一定已經有了意外了，是不是？」

麗拉說到這裏，抬起頭來，望着我。

直到這一剎那，我才發現，這個小女孩，實在是一個很有頭腦，又相當勇敢的小女孩。

我點了點頭，沒有說什麼。

麗拉立時現出了一絲苦笑：「我知道的，亨利的確有了意外，那麼，我就該遵守諾言，將這個電話號碼，告訴警方。」

我道：「你可以告訴我，雖然我和這裏的警方，並不發生直接的關係，但是我正在盡力，調查亨利的死因，請相信我！」

麗拉點了點頭，用手指沾着水，在桌上迅速寫了一個號碼，立時又用手掌擦去。

她的動作很快，但是也已經足夠使我記下這個號碼來了。我立時站了起來，麗拉低着頭，可是她並不是在吃甜品，而是在落眼淚！

像麗拉這種年紀的孩子，如果有感情的話，那應該是最真摯的感情，所以我看了心中也很難過，我按住了麗拉的肩頭，想說幾句安慰她的話。

可是麗拉反倒先我開口：「不必安慰我，我早知道會有這種結果的，亨利想要人家付他那麼高的價錢，我早知道會有這樣結果的了。」

我聽得她那樣說，自然無法再說什麼了，我付了賬，告訴她如果有事來找我，我會在酒店，然後，我獨自一人，離開了麥家老店。

這時，我心情是極興奮的，因為我獲得了一個極其重要的線索。

雖然，那只不過是一個電話號碼，但是，一個電話號碼，已經可以揭發太多的事情了！

當我匆匆地向前走着，經過一個電話亭的時候，我停了下來，想先根據這個號碼，打一個電話試試看。但是，我又怕這樣一來會打草驚蛇，還是先查到了這個電話的所在地，自己上門去的好。

我回到了酒店，試向電話公司查詢，但是電話公司卻不肯回答我的問題，我知道必須等白克回來才行。等到我和白克用固定的電話聯絡時間，我對白克說：「立即回來，我已經有了重要的線索。」

出乎我意料之外的，是白克也道：「我也有了重要的線索，你在酒店等我！」

我想問他，他得到的是什麼線索，可是他卻已掛上了電話，我只好在酒店中等候，兩小時後，白克已經在我的房間中了。

他一看到我，就將一張紙交給了我，那是一張單子，是一家小型飛機公司，飛機出租單的複印本，單子上寫着，租用飛機的，是一位叫約翰的先生。

白克很興奮地道：「從時間上來算，從飛機公司形容來看，這位約翰先生，就是我們要找的那位神秘男子，你看，上面有他的地址。」

我望了一眼，搖了搖頭道：「白克，如果我是這位神秘先生，我租一架飛機，目的是殺人，我就決不會留下真姓名地址的。」

白克道：「我也想到過這一點，但是，這是我們所能得到的唯一的線索了。」

我道：「我的線索，可能比較有用。」

我向白克講出了我認識麗拉的經過，白克一面聽，一面眼中在閃耀光采。

等我講完，他叫了起來：「走，我們到電話公司去，查這個號碼的地址！」

我和他立時離開了酒店，我們一起到電話公司，有了白克的證件，事情進行得很順利，可是當我們一看到這個電話號碼的登記姓名及地址時，我們兩個人，都不禁詫異地睜大了眼睛。

登記的姓名、地址，寫得明明白白，最使我吃驚的是那個姓名，那是一個日本人的姓名：「田中正一」！

我和白克互望着，一時之間，實在不知道說什麼才好，過了半晌，白克才道：「衛，你來到這裏，不就是田中正一博士請你來的麼？」

我苦笑着：「是他向科學協會建議請我來的，我真是不明白——」

白克也皺起了眉，他不說什麼，我們一起走了出來，這時，外面在下着霏霏的細雨，我們沿街走了一陣，白克才道：「如果事情和他有關的話，那麼，他可能是故意這樣做的。」

我揚眉道：「什麼意思？」

白克道：「他低估了你的能力，他以為你不會查出什麼的，而他作為主動建議請你來的人，當然也絕不會有嫌疑！」

我點了點頭，白克的說法，是有道理的，我道：「現在我們要做的是，你去搜集田中博士的資料，我到他家去見他。」

白克道：「要是他和這件事有關，他就是一個極其危險的人物，你一個人——」

我道：「我必須一個人去，你的身分特殊，而我是他的朋友。如果你的估計正確，他對我能力低估的話，那麼，他一定不會防備我，我就可以得到更多的東西，你可以在得到了他的資料之後，打電話給我。」

白克又遲疑了片刻，才和我握了握手，我們分了手，我召了一輛街車，直駛向田中正一的住所。

那時候，已經是接近黃昏時分了，我在門前按鈴時，雨下得更大了。

不一會，一個管家婦來開門，我道：「田中博士在麼？我是他的朋友，衛斯理。」

管家婦好像不怎麼愛説話，拉長着臉，大聲轉頭叫道：「博士，有人來找你，叫衛斯理。」

隨着管家婦的叫嚷，我看到穿著和服的田中，啣着一支煙斗，走了出來。田中博士一看到了我，好像很感到意外，他「咦」地一聲：「你不是已經離開了麼？」

我笑道：「既然你又看到了我，那就是説，我留下來了，沒有走！」

田中博士並沒有問我為什麼留下來，他只是張開手，作歡迎狀：「來，請進來坐！」

管家婦好像還不願意我進去似地，瞪大眼望着我，我心中感到有點奇怪，但是也沒有在意，就走了進去，田中正一領着我，進了他的書房，我們坐了下來，田中搖着手，道：「怎麼，想留下來多久？」

我打量着他的書房，實在看不出有什麼異様之處來，我只是順口道：「不一定。」

田中博士向前欠了欠身子：「在這裏有事？我可以幫你的忙？」

我笑了笑：「還不是為了康納士博士的死，我總有點不死心。」

田中博士並沒有什麼特別的表示，我又道：「雖然，他自殺毋庸置疑，但是，為什麼有人要在過去一年，不斷跟蹤他？」

田中皺着眉：「這太難解釋了！」我瞪視着田中正一：「我認為其中有着重大的陰謀。」

田中正一「嘿嘿」地笑着，他好像是在笑我的想像力太豐富，但是，我看來，他更像是想用他那種乾笑聲，來掩飾他內心的恐慌。

我又道：「我們展開了多方面的調查，對這些陰謀，已有一定的資料。」

我一面說，一面注意着田中正一的反應，我看到他手指和手指扭在一起，通常來說，只有心情緊張的人，才會有這樣的小動作。我故意裝着若無其事：「而且，我們已經知道，可憐的亨利，就是發現那些電影，交給了安橋加教授的那孩子已經死了！」

田中正一震動了一下，我斷定他之所以震動，決不是為了聽到亨利的死訊，而是因為我已知道了亨利的死訊之故。

如果田中正一和亨利的死是有關的，那麼，兇手如此縝密地安排，亨利已成了幾千里路外的一具焦屍，在兇手想來，這件事應該是神不知鬼不覺的。突然由我口中說了出來，兇手或與兇案有關的人，怎能不大為震驚？田中正一那種吃驚的反應，自然也是很正常的了。

田中正一在一震之後，失聲道：「亨利死了？什麼人會謀殺一個孩子？」

我陡地挺直了身子，道：「田中博士，我只不過說亨利死了，你怎麼知道他是被人謀殺呢？」

我立即這樣地詢問，如果田中正一和亨利的死有關，那麼他在剎那之間，一定會不知所措，這是很多偵探小說之中，使兇手招認的辦法之一。

但是，田中正一聽了我的話之後，只是略呆了一呆，就很自然地道：「你說那是一個陰謀，當然，有犯罪事件在內，所以我才想到亨利是被殺的。」

他那樣解釋，自然也可以自圓其說，然而我是早有了線索，才找上門來的，自然不會那麼輕易就相信他，我先冷笑了幾聲：「我們已經發現康納士死的前一天，有一個神秘男子，在他家出現過，後來，康納士又曾跟他出去，這個神秘男子，之後一直也沒有出現過。」

田中顯得很不安，他變換了一下坐的姿勢：「這我知道，你還給我看過那神秘男子的畫像。」

我道：「那很好，這個神秘男子，我已經可以肯定，他是謀害亨利的兇手！」

田中正一張大了口，而且，發出了一下很低微的驚歎聲來。

我立時又俯身向前，直視着他：「這個神秘男子是什麼人？」

田中博士在聽了我突如其來的這一問之後，一定會有異常的反應，這一點，我是早已預料到的，可是他的反應竟如此之強烈，那卻大出乎意料之外！

我們本來是面對面坐着的，在發出那一個問題之際，為了要使他感到震駭，我特地俯身向前，和他相隔得極近，等到我這句話一出口，只見田中正一的臉色，剎那之間，變得極其蒼白。

我正在等待他下一步的反應之際，他突然發出了一下怪叫聲，陡地翻起手掌，當我看到他手掌翻起，手指的形式，是正宗的空手道招式時，已經遲了。

田中正一是一個高級知識分子，儘管我知道他在聽了我的話之後，必然會有異常的反應，但是通常來説空手道和一個博士之間，是沒有什麼聯繫的。所以我絲毫也未曾防到他會動手，而他的出手，又是如此之快。我才一看清，他的手掌，已砍到了我的頸上。

那是極沉重的一擊，而且，正擊在我頸際的要害之上，我在剎那之間，只覺得天旋地轉，眼前金星亂迸，身子陡地向後翻去。

在我的身子向後翻去之際，我連同我所坐的那張椅子，一起跌倒，這一擊實在太重，我在跌倒之後，簡直連掙扎站起來都不可能。

而田中正一卻立時站了起來，緊接着，我的頭部，又受了重重的一踏！

那一下，幾乎令得我立時昏了過去，但是我畢竟是受過嚴格的武術訓練的人，雖然接連而來的兩下重擊，使我的處境，變得如此惡劣，在這樣的情形下，我的反攻是很無力的，我只是陡地伸手，在他的腳離開我頭部的一剎間，在他的小腿之上，扳了一扳。

第六部

百思不得其解的矛盾

然而那一扳，卻也產生了效果，我聽得田中正一博士，發出了一下怪叫聲，身子突然向前仆去，跌倒在地，我立時伸手搓着脖子，老實說，這時，我的視覺幾乎喪失，看不到任何東西。

我只聽到一連串碰撞的聲音，當我掙扎着站起來時，我看到客廳中有好幾樣東西被撞跌在地，那自然是田中正一倉惶奔出時撞倒的。

我的脖子仍然隱隱作痛，站也站不穩，我只向前走出了兩步，便看到那管家婦，神色慌張地出現在客廳的門口，大聲道：「什麼事？」

我喘着氣，發出的聲音，覺得很古怪，我問道：「田中博士呢？」

我才問了一句，還未曾得到那管家婦的任何回答，就聽得「砰」地一下槍聲，自屋中傳了出來！

一聽得那下槍聲，我整個人直跳了起來，大聲道：「快報警！」

我一面叫，一面循着槍聲發出的所在，衝了過去，但是我的行動太匆忙了，而且，剛才又受了兩下重擊，是以才衝出了一步，身子向前一傾，便跌倒在地。

就在這時，我聽得管家婦叫道：「槍聲是博士的房間中傳出來的。」

我掙扎站起，大聲道：「快報警！」

我扶着牆，向前急急地走去，離開了客廳，走過了一個穿堂，來到了一扇緊閉着的房門之前，我用力以肩頭撞着房門，撞到第四下，房門被我撞了開來。

我立時看到了田中正一！

那是田中正一的臥室，一點不錯，田中正一的手中握着槍，槍口甚至還有煙冒出來，他伏在牀上，牀上染滿了血，子彈射進了他的太陽穴，由於發射的距離是如此之近，是以田中正一的死相，極其可怖，可怖到了我不想詳加敍述的地步。

雖然有兩扇窗子開着，田中正一博士是自殺而死的，應該是沒有疑問的事了！

我站在門口，實在不想看田中正一的慘狀，但是我的視線，竟無法離開那一大灘血，和田中正一中了槍的頭部，我思緒亂到了極點，我其實並沒有說什麼，只不過問了他一句：那神秘男子是什麼人而已，他何必要為此自殺？

最大的可能，自然是他和那神秘男子是認識的，而且也和亨利的死，甚至康納士博士的死有關，所以一聽到我這樣問他，就以為我什麼都知道了，是以才畏罪自殺的。

然而，事實的真相，是不是那樣呢？

我呆呆地站在門口，不知站了多久，直到聽到警車的「嗚嗚」聲，自遠而近，迅速地傳了過來，我才陡地震動了一下。

當我扶着門框，轉過身來時，兩個警官已經出現在我的面前。

那兩個警官也夠鹵莽的了，當他們一看到房間中，田中正一的屍體時，竟立時抓住了我的手臂，將我的手，反扭了過來。

我實在懶得和他們分辯，反正，田中正一不是我殺的，實在是很容易弄明白的事。

接着，有更多警官和警員，湧了進來，我被那兩個警官推到了客廳中，隨即有一個警官也走了進來，道：「放開他，死者是自殺的。」

那兩個警官還不十分相信，我的聲音，連我自己聽來，也覺得十分疲倦，我道：「你們可以從國家安全局，特別調查員，白克．卑斯處，知道我的身分，而且，這件事，你們還是交給安全局處理的好！」

那警官道：「也許，但是你必須跟我們到警局去！」

我真正覺得十分疲倦，疲倦得甚至不願意開口，只是點了點頭。

我不知道警方又做了些什麼，因為我立時被帶上了車子，駛到了警局。

我被單獨留在一間房內，兩小時後，白克匆匆地走了進來。

我看到了白克，嘆了一聲，白克立時曳了一張椅，在我面前坐了下來，兩個高級警官，接着也走了進來。白克道：「怎麼樣，他們說你不肯合作。」

我苦笑了一下：「他們對於事情的來龍去脈，完全不知道，我何從合作起？你來了最好，事情的經過情形是那樣──」

我將我去見田中正一，和他說話的經過情形，詳細講了一遍。

白克皺着眉，用心地聽着，等我講完，他轉頭向那兩個警官望了一眼，又伸手在我的肩頭拍了拍：「不關你的事，田中顯然是畏罪自殺的！」

白克說得如此肯定，我知道他一定是有所根據的了。

我望着白克，他道：「我和總局聯絡過，總局有田中的資料，資料中指出，田中在大學時期，曾在北海道住過一個時期，在那段時期中，他時時神秘失蹤，我推測，他離開北海道，可能是到庫頁島去的。」

我呆了一呆，白克攤了攤手：「你知道，到那種地方去，當然不會是為了旅遊，他在那邊，可能是接受訓練，他是那方的特務。」

我深深地吸了一口氣：「照你那樣說，事情倒明朗化了。」

白克道：「是的，那神秘男子和田中正一，一定有聯繫，他們可能還是合作人，一起謀殺了亨利，所以你才向他提出，他就發了狂！」

白克講到這裏，略頓了一頓才道：「你知道，他們這種接受過訓練的人，一到事情敗露之際，唯一的辦法，就是自殺！」

我嘆一聲，慢慢站了起來，點了點頭：「我也相信那樣，要不然，一個高級知識分子，很少有那麼高的空手道造詣，他一掌幾乎將我的頸骨打斷！」

那兩個警官中的一個道：「你可以走了。」

白克道：「這件事，最好不要向報界宣布內情，由我們來處理。」

那兩個警官點頭答應，我和白克一起離開了警局，上了白克的車子。

白克並不立時開車，只是望着我：「衞，事情愈來愈複雜了。」

我卻搖了搖頭：「不，我看來，事情倒是愈來愈簡單。」

白克用懷疑的眼光望着我，我道：「我早就疑心，像一年來不間斷地跟蹤康納士博士，這樣的事，除了一個龐大的組織之外，沒有別的人可以做得到！」

白克道：「那又怎麼樣，康納士是自殺的。」

我道：「如果康納士真是單純的自殺，那麼，他們何必為了影片落在人家的手中，而如此緊張，非將之取回來不可？」

白克眨着眼，沒有說什麼。

我又道：「而且，別忘記，那神秘男子的身分，一定和田中正一一樣，在康納士自殺之前，曾和他見過面，現在我想知道的是，康納士和那男子，為了什麼見面，他們之間講過什麼，那神秘男子又和康納士到過什麼地方。」

白克點頭道：「對，關於這一點，我倒有一個推測，對方一直在動我們科學家的腦筋，我想，那神秘男子，可能提出收買康納士的條件，而康納士已經同意了，事後才後悔，所以逼得自殺的！」

我皺着眉：「白克，康納士已經死了，不要再損害他的名譽！」

白克道：「我的推測是很有道理的。」

我搖頭道：「不，康納士博士的行動，從一年來的行動記錄片中看來，是無懈可擊的，他決不會有什麼有把柄留在對方的手中，對方對他也無從威脅，他為什麼會給敵人收買？」

白克道：「那麼，他為什麼自殺？」

我搖頭道：「不知道，但現在我們已經知道了那神秘男子的身分，要找他，不是十分難。」

白克道：「當然！」

他發動車子，向前駛去，將我送回了酒店。

這一晚，我再度將所有的事，想了一遍，麗拉的出現，使我得知了田中正一的電話，自從這裏開始，事情就急轉直下，變得明朗化了。

康納士博士的研究，如果用在軍事上，那將是另一種威力極其強大的武器的誕生，像他這樣的人物，受到國際上間諜的注意，倒並不是一件出奇的事。

而田中正一的真正身分，竟如此之卑鄙，這一點，也不足為奇，我和田中正一本來就不熟，更何況要了解一個人的真正身分，就算與之相識十年八年，也不是一件容易的事。

現在，剩下來的唯一問題便是：康納士博士，是為什麼死的。

這像在兜圈子，兜回老地方來了！

令我疑惑的是：這些記錄康納士博士行動的影片，如沒有犯罪的意圖，那麼即使遺失了，被亨利拾到了，也不必緊張，反正兇手的身分，掩飾得很好，何必用那麼大的心思，想將影片取回來，更將亨利殺死！

兇手在殺死亨利之際，只怕以為亨利從此失蹤，亨利寄存在安橋加教授那裏的一大包東西，以安橋加工作之繁忙，可能會忘記，他們就有機會將之取回來。卻不料安橋加由於好奇心的驅使，而放映了來看。

等到這些影片一公開之後，再要取回來，自然困難得多，而且，許多人都看過那些影片，再取回來，也是沒有意義的事了。

於是，田中正一就心虛起來，當他向科學協會提出，請我來偵查之際，顯然是低估了我的能力，他多半以為我是「糊塗大偵探」這一類的人物，來到這裏，結果是一事無成地回去。

但結果，田中正一的提議，卻成了他自己的催命符，這自然是他始料不及的。

記錄康納士博士的行動，這件事的本身，一定有着極大的犯罪意圖，這一點是可以肯定的。

而且，那神秘男子，還和康納士博士直接見過面，他們有意對付康納士博士，這也幾乎可以肯定的了。

然而，康納士博士，卻是自殺的。

這真是百思不解的一個大矛盾，而整件事，也令人氣悶，因為轉來轉去，總是轉到原來的地方，沒有任何新的進展。

由於康納士博士自殺，有着如此確鑿不容懷疑的證據，看來，事情是很難有什麼結果的了。

第二天中午，白克到酒店來找我，他見到我的時候，神情很興奮。

他一看到我，就大聲道：「我們找到他了。」

我和白克在一起，已有相當日子，對他也有了一定程度的了解，所以我一聽得他那樣說，立即就知道，白克所謂的「他」，一定就是那神秘男子！

這個消息，令我也感到相當興奮，我忙道：「那太好了，你一定已將他扣留了，走，我們去見他！」

白克有點不好意思，他急忙道：「不，我的意思是，我終於知道那神秘男子是什麼人了，但是我沒有見到他，不過，我已下令，暫時封鎖了一處地方。」

白克的話，使我有難以明白之感，我皺着眉，望定了他，白克笑道：「是這樣，我們不是已經知道了這神秘男子的間諜身分麼？他們掩飾間諜身分的拿手好戲，是用外交人員的身分，我走到有關部門去查問，一查就查了出來，這傢伙叫盧達夫，他的身分，是領事館新聞攝影的二級助手——這銜頭怪不怪？」

我道：「一點也不怪，拍攝那些電影，一定是由他主持的，這位盧達夫先生，毫無疑問，是一位攝影專家，我想，你可以到領事館去和他見面。」

白克立時道：「你以為我會不去？我到領事館去，要求見這位新聞攝影的二級助理，但是領事館方面說，他已回國去了，我起先還不信，後來查了查外交人員離境記錄，才知道這傢伙真的走了。」

我「嗯」地一聲：「這倒也是意料中的事，但是你剛才說，封鎖了一處地方，是什麼意思呢？」

白克道：「我再深入調查盧達夫的行動，發現他在本城的北郊，有一所小屋子，我和檢察官聯絡，由他簽了命令，本地警方人員，已趕去封鎖那間小屋了，我們一起去看看，可能有一點發現。」

儘管白克的神情，還是相當興奮，但是我卻不由自主，打了一個呵欠。

白克看到我這種反應，不禁怔了一怔，我拍着他的肩頭，道：「以這樣一個職業間諜而論，他既然已經打道回府，怎麼可能有什麼東西留下來？我不去了，我看我也該回去了。」

白克像是在哀求我一樣：「去看一看總是好的，或者，可以有一點發現！」

白克這個人，固執起來，真有點沒辦法，當日我在機場，就是給他用這種態度留下來的。這時，我也只好無可奈何地聳了聳肩：「好吧，去看看！」

白克殷勤地為我穿上上衣，一齊下了樓，由他駕着車，直向北郊駛去。

一路上，我們又交換了一點意見，我們都認為康納士博士的自殺，可能和盧達夫的見面有關，但是盧達夫和康納士博士見面，他們曾說了一些什麼？在他們之間，曾發生了一些什麼事？我預料這一次，一定不會有什麼收穫，我們一到，一位警官就迎了上來，我正在打量那間小小的磚屋，屋子外有一個花園，在距離約莫一百碼左右，是一幢同樣的磚屋。

這裏相當靜僻，像盧達夫這樣身分的人，選擇這種地方做住所，倒是十分聰明的事。

那警官一走過來，和白克握着手，就沉聲道：「那屋子內的人，看到盧達夫和一個男子來過這裏，這男子，根據他的形容，好像是康納士博士。」

白克震動了一下：「是哪一天的事？」

警官道：「正確的日期，目擊者記不清楚了，但應該是在康納士博士自殺前的不久。」

白克向我望來，我點頭道：「不錯，是康納士博士自殺前的一天。」

警官用懷疑的目光望定我，我道：「盧達夫在那一天，曾去找過康納士博士，而且，博士和他一起離去，據博士的管家婦說，他去了很久，才一個人回來，現在事情已很明白，盧達夫是帶着博士，到這裏來了。」

白克喃喃地道：「在這裏，曾發生了一些什麼事？」

他一面說，我們已一起向前，走了過去。

整幢房子中，早已空無一人，而且屋中的東西也很淩亂，我們進去之後，迅速將整幢屋子，看了一遍，並沒有什麼可疑的地方。

白克已在着手搜集破紙片，希望在其中，可以得到一點資料，他在一張殘舊的書桌旁的一個廢紙筒中，找出了一大堆碎紙來。

而我，則站在一扇窗子下，在那扇窗子下，有一件很古怪的東西。

那東西，其實也不能算是古怪，只不過是一隻兩尺乘兩尺的方形水族箱，養熱帶魚的那種，五面全是玻璃的，上面還罩着一重相當密的鐵絲網。

可是，在那水族箱中，放的卻不是水，而是大半缸泥土，在泥土上好像有點東西在爬動，我蹲下身子看去，看到那些爬動的東西，是一種身體相當小的土蜂，正在土中鑽進鑽出，看來十分忙碌，為數頗多。

這種土蜂，是圓花蜂的一種，雌蜂在產卵時，會在土中掘一個洞，將蜂卵產在泥土中。

這種土蜂，出現在一個事實上是間諜，而且又是「二級攝影助理」的家中，不是古怪得很麼？

當我蹲着身子，在看着那些土蜂，而心感到奇怪之際，白克已來到了我的背後：「你在幹什麼？」

我指着那水族箱：「你看，除非盧達夫準備拍攝一套這種土蜂生活的紀錄片，不然，他養着一缸這種土蜂，是為了什麼？」

白克蹲了下來，也現出大惑不解的神色，突然之間，他像是被土蜂螫了一針也似地跳了起來，失聲道：「我找到謀殺康納士博士的兇手了！」

他忽然之間，那樣做法，倒將我嚇了老一大跳，連忙向他望去。

白克指着那些土蜂：「就是它們！康納士博士可能有着某種敏感症，不能被蜂螫，否則會死亡，我想這猜想不錯了！」

我嘆了一聲：「白克，你快不應該做調查員，而可以去寫小説了，這是什麼猜想，竟可以完全不顧事實？博士之死，是死在藥物中毒，而這種藥物，是他事前，親自到藥房去購買的。」

白克眨了眨眼，苦笑了起來，當然，他剛才的話，只不過是他一時的衝動而已，只消再略為仔細地想上一想，連他自己也可以知道，事實上是決沒有可能的。

他嘆了一聲：「那麼，盧達夫養着這些土蜂，有什麼用處？」

我搖頭道：「那很難説，或許是興趣，人是有各種各樣怪嗜好的，我認識一個人，他最大的樂趣，是和跳蚤做朋友。」

白克瞪了我一眼，道：「別開玩笑了！」

我向白克道：「一點也不開玩笑，白克，明天，我無論如何要走了。」

白克站了起來，無可奈何地拍着手：「好吧！好吧！我看也沒有什麼事可做了！」

我也站了起來，屋子搜查工作仍在進行，我只不過在一旁看看，因為我知道，不可能找出什麼東西來的。

我們耽擱了大約四小時左右離去，回到城裏，我已在作離去的準備，晚上，白克再度來找我，他的手中，拿着一張白紙，在那張白紙上，貼着很多用碎紙拼成的一張圖，不很完整，但也有十之八九。

在那張圖上，有一些不規則的，毫無意義的離亂的線條。

白克將那幅圖攤在我的面前：「這是在盧達夫的廢紙筒中找到的紙片拼起來的，你看，這是不是有什麼特別的意義？」

我皺着眉，沒有出聲。

白克又道：「我好像記得，你提過這樣的一幅圖，圖上全是些重複的、不規則的線條。」

我點頭道：「是的，在亨利的住所，我找到過一張這樣的圖，是亨利拾到的，不過我認為沒有什麼特別的意思，我放在科學協會，大家都看過，後來，麗拉也和我提起過。」

白克道：「兩幅圖上的線條，是一樣的？」

我道：「不一樣，但我可以肯定是同類的，因為看來全是一樣雜亂，重複——」

我講到這裏，抬起了頭來：「怎麼樣，你以為可能有什麼特殊的意義？」

白克嘆了一聲：「很難說，我不敢不讓你回家，但是我希望我們再保持聯絡。」

第七部

自殺？謀殺？

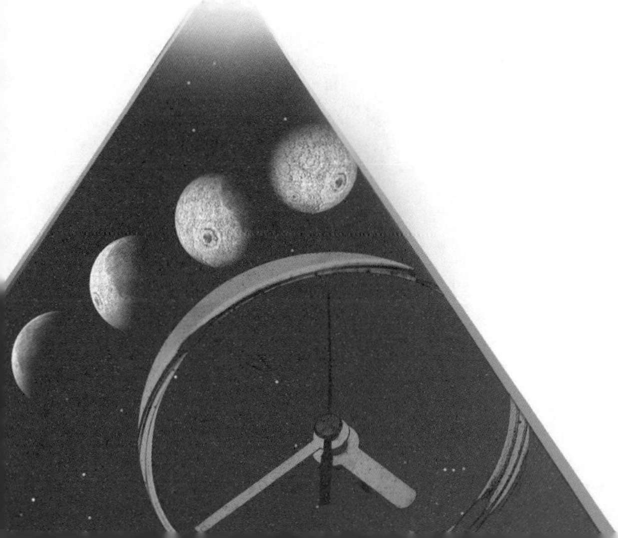

我道：「當然可以，我將電話號碼給你，我想你和我聯絡，長途電話費可以報公帳，要是我和你聯絡的話，那這筆費用太大了！」白克笑了起來，在我的肩頭上，打了一拳，我也還敬了他一拳。然後，我們拍打着手，他並沒有送我到機場去，看他的樣子，他像是正急於要去尋找這幅圖中的秘密，然而我卻不相信這些雜亂無章的線條之中，真會有什麼秘密蘊藏着。

我在第二天就離開了，回到了家中，這次旅行，可以說極其不愉快，但是無論如何，回到了家中之後，總有一身輕鬆的感覺。

白素埋怨我，說是我早該在肯定了康納士博士是自殺的之後，就回來的，我也不加辯駁，只是將經過的情形，向她說了一遍。

從到家的那一天起，白克也未曾和我聯絡過，我將這件事漸漸忘記了。

一直到了好幾個月之後，有一天，和一個朋友，約在一間酒吧中見面，時間是下午兩點鐘。

我提前幾分鐘到達，才一推門進去，就看見了白克！

一時之間，我幾乎懷疑自己是認錯了人，白克來了，這不是說不可能，但是他來了之後，總該和我聯絡一下才對。

我呆了一呆，酒吧的燈光相當暗，但是當我在進一步打量了他之後，我卻可以肯定，這個年輕人，的確是那個特別調查員，白克·卑斯。

但是，我也可以肯定，一定有什麼極其重大的變故，在這個年輕人的身上發生過，因為這時候，他的神態，令人震駭。

簡單地說，這時的白克，是一個醉鬼！

在下午喝酒喝到這樣子的人，除了「醉鬼」之外，是沒有更恰當的稱呼了。

他一個人坐在一張桌子前，當然，桌上放着一瓶酒和一隻酒杯。他半俯向前，用手指在桌面上，好像正在撥弄着什麼。由於光線黑暗，也看不清楚。

我走前幾步，心中的駭異更甚，因為我看他的樣子，估計他至少有幾十天沒有剃鬍子了，頭髮凌亂，那種樣子，和白克以前給我的印象——精神奕奕的一個年輕人，完全兩樣！

我還恐怕是認錯了人，所以，當我一直來到他面前的時候，我先不叫他的名字，只是咳嗽了一下。

我那下咳嗽，相當大聲，用意自然是想聽到咳嗽聲的人，抬起頭來看一下，我並沒有變樣子，白克看到了我，一定可以認出我來，那麼我就可以避免認錯人的尷尬了！

可是，他竟像是聾了一樣，仍然維持着原來的姿勢，雙眼定定地望着桌面。

當我也和他一樣，向桌面上望去時，我不禁呆住了，我看到，在桌面上爬動的，是一隻金龜子。

金龜子是一種有着金綠色硬殼的甲蟲，是小孩子的恩物，的確相當好玩，可是白克無論如何不再是小孩子了。然而這時，看他的情形，他卻全神貫注，望着那隻在爬行着的甲蟲，像是除此之外，世界上再也沒有值得他注意的事情了。

我看到這裏，實在忍不住了，我又咳嗽了一聲，然後大聲叫道：「白克！」

白克在我的大聲叫喚之下，身子震動了一下，抬頭向我看來，我立時裝出一副老朋友重逢的笑臉來。

可是，我立即發覺，我的笑臉白裝了，因為白克竟像是全然不認識我一樣，只是向我望了一眼，又低下了頭去，而就在他抬起頭來的那一剎間，我發覺他的臉上，有一種極其深切的悲哀。

而當他抬起頭來之際，我更進一步肯定他就是白克，他雖然立時低下頭去，我還是在他的對面，坐了下來：「白克，發生了什麼事？」

白克不回答我，仍然望着那隻甲蟲，這使我有點憤怒，我伸手一拂，將在桌面爬行的那隻甲蟲，遠遠地拋在地上，然後，我又大聲道：「白克，究竟發生了什麼事，你不說，我一拳打掉你的門牙！」

白克先不回答我，只是拿起酒杯來，一口喝了小半杯酒，然後，又拿起酒瓶來，再去倒酒，我伸手抓住了瓶，不讓他再喝，又道：「白克，夠了，你什麼時候起變成一個醉鬼的？」

白克直到這時，才算出了聲，也直到他出了聲，我才可以完全肯定，我沒有認錯人！

白克的語音，出乎我的意料之外，倒是極其平靜的，他道：「讓我喝酒吧，衛。」

我道：「不行，除非等我明白，在你的身上究竟發生了什麼事。我要使你保持足夠的清醒，那樣，你才能對我說出經過來。」

白克又呆了一會，抓住酒瓶的手，縮了回來，手在臉上不斷搓撫着，我看出他十分疲倦，而這種疲倦，是由於十分沉重的精神負擔而來的。

我不去催他，過了好一會，他才道：「你還記得盧達夫麼？」

盧達夫就是那個神秘男子，康納士博士死前曾見過的那個人，謀殺亨利的兇手，要忘記這樣的一個人，是不可能的事。

是以我道：「當然記得。」

白克雙手互握着：「在你走後，我將我們的調查所得，寫成了一個報告，呈了上去，這件事，也算是結束了，可是半個月前，我忽然接到上級的通知，說是有了盧達夫的蹤迹。」

我「哦」地一聲：「他還敢再來？」

白克一直維持着那種坐着的姿勢，一動也不動：「不是，他在東南亞某國出現，身分仍是外交人員，上級問我的意見怎樣，我說，如果可能，我的確希望和這位二級攝影助理見見面，於是我就來了。」

我皺着眉：「你沒有和我聯絡！」

白克停了半晌：「是的，沒有，因為一離開了我自己的國家，我的身分，是絕對秘密的，上頭也不想我的行動，更受人注意！」

我可以理解這一點，我道：「那麼，你終於見到了盧達夫？」

白克點了點頭，可是卻又不繼續說下去。

這時，我實在急於想知道他和盧達夫見面的經過，但是看到他這樣疲倦的樣子，我又不忍心催他。

白克在呆了一會之後，忽然又笑了起來，那是一種無可奈何的苦笑：「你還記得，在盧達夫的小屋中，有一缸土蜂？」

我揚了揚眉，道：「記得的。」

白克又道：「我當時曾說，那些土蜂是兇手，你笑我是亂說！」

我心中極其驚異，但是卻沒有出聲，我只是在想，白克這樣說，又是什麼意思呢？康納士博士是自殺的，他的死，和那一缸土蜂，決不可能有關！

白克又道：「自然，那缸土蜂所扮演的角色，不能算是兇手，只好算是幫兇——」

白克講到這裏，我實在忍不住了，我道：「白克，你將事情從頭講起好不好？」

白克翻起眼來，望了我一眼：「好的，我見到盧達夫，他自然不知道我是什麼人，我略為用了一點手段，那是間諜人員慣用的手段，將他帶到了靜僻的所在，這傢伙不經嚇，什麼都講了出來。」

我忙道：「怎麼樣？」

白克道：「盧達夫說，他們的決定是：收買康納士博士，如果不成，就將他殺害。」

我咽下了一口口水：「收買失敗了，我想！」

白克道：「是的，收買失敗，他們經過種種試探，都沒有結果，於是實行第二步計劃，殺害康納士博士，這個計劃成功了。」

我不由自主提高了聲音：「你在說什麼，康納士博士是自殺的。」

白克卻像是完全未聽到我的叫嚷一樣，他自顧自地道：「謀殺計劃是極其周密的，在他們國家中擬定，提出了多種方案作研究之後，他們最高當局採納了一位著名心理學家提出的方案。」

我苦笑道：「心理學家？」

白克又喝了一口酒：「是的，心理學家！」

他講了這句話之後，又頓了一頓：「這個心理學家簡直是一個魔鬼！他能看透人的心！」

他低下頭來，將額角抵在桌面上，卻又不再往下講去，我心中十分焦急，望了他幾次，他才道：「他們先動用了很多專門人才，在一年之中，不斷跟蹤康納士博士，將他在戶外的行動，全部記錄了下來。」

我道：「這我們是知道的，那又有什麼用？這怎能作為謀殺的工具？」

白克望了我一眼，當他向我望來的時候，我不禁呆了一呆，因為在他的雙眼之中，充滿了失望和頹喪的神色，他原是一個充滿活力的年輕人，在他的眼中，實在是不應該有這樣神色的。

白克嘆了一聲：「你看過那些記錄電影，你有什麼感想？」

我立時道：「沒有什麼特別，康納士博士的生活，十分正常。」

白克苦笑了起來，他的聲音，也是十分苦澀的：「的確，很正常，十分正常，和每一個人差不多，人人幾乎都是那樣生活的。」

我道：「是啊，那又有什麼不對？」

白克繼續道：「然後，他們在一張紙上，將康納士博士這一年來的行動，用線條表示出來，我想，你看到過這張紙，紙上有重複又重複的線條。」

我點頭道：「是的，那些線條，原來是一組軌迹，表示康納士博士的活動範圍。」

白克道：「是，到了這一地步，他們的計劃，已經完成一半了，於是，就有人去求見康納士博士，帶他去看那些記錄片，再將畫在那紙上的軌迹，給康納士博士看，康納士博士當然表示不明白，於是，就到了他們計劃中最重要的一部分！」

我還是滿心疑惑，但是我知道在如今這樣的情形下，最好別打斷白克的話頭。

白克又喝了一口酒：「你記得那一箱土蜂麼？」

我道：「你已經問過我一次了，我記得！」

白克的聲音變得更低沉：「兇手——」

他在講了「兇手」兩字之後，略停了一停，我自然知道他這「兇手」兩字，是指什麼人而言，所以我不表示什麼異議，只是會意地點了點頭。

白克又道：「兇手取出了一隻土蜂來，放在一張白紙上，這種土蜂，是掘土的圓花蜂，和所有的昆蟲類似，牠們的行動，是有規律的，從幼蟲到成蟲，牠們將來一生的行動，幾乎早已經成了一種本能，在牠們的染色體內，有着密碼，那情形，就像是電腦幾萬件零件之中，每一個零件都有固定的作用，在一定的情形之下，受着操縱，依照密碼所定下的規律，永不會改變。」

我用心聽着，白克這一番話很是費解。不過我還是可以聽得懂，只不過暫時，我還不明白他為什麼要說這番話而已。

白克繼續道：「這種土蜂，在產卵之前，會在地上挖一個洞，然後找一條毛蟲，找到毛蟲之後，牠會進洞巡視一番，再出洞來，將毛蟲捉進去，最後，頭向內，尾向外，將毛蟲拖進洞去。如果在牠進洞巡視的時候，將牠放在洞口的毛蟲移開，你猜會怎麼樣？」

我呆了一呆：「牠會去找毛蟲！」

白克「嘰嘰」地笑了起來：「不是，牠不管毛蟲是不是在那裏，一樣會將拖毛蟲的動作做一遍，你移開毛蟲一次，牠重做一次，移開十次，牠重做十次，這是牠生命密碼給它的規律。」

我吸了一口氣，還是不明白白克說這些土蜂有規律的動作，是什麼用意。

白克搖晃着酒杯：「兇手將土蜂放在紙上，引誘牠作產卵前的行動，土蜂在白紙上，一遍又一遍地爬着，二十分鐘之後，土蜂在白紙上，也留下了一連串的規迹，兇手將康納士博士行動的規迹，和土蜂行動的規迹，交給康納士博士看，然後，他說，他什麼話也沒有講，只是大笑，不斷地大笑，而據他說，康納士博士是面色慘白，腳步踉蹌離去的。」

白克的右手握着拳，用力在桌上敲着：「到這時候，兇手的目的已達到，康納士博士第二天，就自殺了！」

我緩緩地吸了一口氣，剎那之間，有天旋地轉的感覺，過了好半晌，我才道：「你的意思是，他們用強烈的暗示，暗示康納士博士的生活，實際上和一隻土蜂一樣，沒有分別？」

白克抬起頭來：「就是這樣。康納士博士是高級知識分子，他一直以為自己或是人類，是地球的主宰，可以憑人類的努力，做出任何事來。但忽然之間，他發現所謂萬物之靈，和昆蟲沒有什麼不同，試想，他如何還會有興趣活下去？」

「沒有興趣活下去」，這種說法，我還是第一次聽到，但是我卻毫無保留地相信，康納士博士的確是在這樣情形下自殺的。

我呆了半晌，才道：「原來是這樣，那你本身又發生了什麼事？」

白克直視着我，忽然，他俯身，在地上摸索了一會，又將那一隻金龜子，捉了起來，放在桌面上，讓牠慢慢爬着，然後道：「我？你想要我怎樣，我的日子，和昆蟲是一樣的，我只不過像昆蟲一樣地生活着。」

我吸了一口氣：「你——你經常從事萬里旅行，生活的範圍又廣——」

白克立時道：「就算我每天在旅行，就算我經常來往於各大行星之間，我的活動，也可以繪成規迹，一種早經遺傳密碼定下的有規律的線條，這就是我的一生，你説，有什麼意思？」

我望着白克，無法回答他這個問題，而且，我也不由自主，拿起酒瓶來，大大地吞下了一口烈酒。

當烈酒進入我體內，我開始有點飄飄然之感的時候，我開始明白了。我開始明白，何以在那個城市中，會有那麼多的醉鬼，為什麼大麻會那麼大行其道，知識程度愈高的人，愈會去想自己活着，究竟有什麼意思，昆蟲是不會想的，牠一生有一定的規律，牠也就是這樣過了，愚人不會去想，也這樣過了！

可是，有知識的人會想：和昆蟲在本質上並無不同的生活，究竟有什麼意思呢？

我不斷地喝着酒，我約的那位朋友，究竟來了沒有，我也不知道，因為我一直不斷地喝酒，直到人事不知，根本無法思想。

尾聲

這個故事，好像很悲劇，但是自然沒有叫所有人都去自殺的意思。然而有一點不可否認的是，如果真的將人的活動範圍，用線條來表示的話，和昆蟲的活動，實際上是沒有差別的。

我們是大城市中的人，每天的活動範圍，可能來來去去，都不出十里範圍，就算有機會到外地去旅行，也只不過將線條拉得長點而已。但是，人是有思想的，人的思想活動範圍，卻全無限制，可以上天下地，可以遠到幾億光年外的外太空，這一點，或許是支持人類生存的根。又或許，人類已習慣了和昆蟲一般的生活，只有真正具有智慧的人，才感到悲哀和沒有意思，這些，當然已不在故事範圍之內的了。

（全文完）

多了一個

第一部

世上最奇怪的人

我見到了一個人。

這個人，看來大約三十歲，身高一七五公分左右，男性，我見到他的時候，他穿著一套廉價的西裝，愁眉苦臉，不住地搓着手。

他的樣貌很普通，如果見過他，不是仔細觀察他一番的話，一定不容易記得他的樣子，像這樣的人，每天在街上，要遇見多少就有多少。

但是，我卻要稱他為世界上最奇怪的一個人，這實在是太奇怪了，要明白他的奇怪，必須了解整個事件的來龍去脈，否則，若想用簡單的幾句話，來形容他的奇怪，是不可能的事。

如果一定要用最簡單的語句，來表示這個人的奇怪，那麼，可以稱他為「多出來的人」。

什麼叫作「多出來的人」呢？那又絕不是三言兩語，所能解釋得清楚的了，還是讓我來詳細敍述的好。

大海無情，上午風平浪靜，到下午便會起狂風暴雨，波濤洶湧。吉祥號貨船，這時遇到的情形，就是那樣。

吉祥號貨船是一艘舊船，它的航行，即使是輪船公司，也不得不承認那是「勉強的航行」，但是由於貨運忙碌，它一直在海中行駛着。

吉祥號貨船的船長，是一個有三十年航海經驗的老手，他十六歲就開始航海，從水手一步步升上去，升到了船長的職位，像顧秀根船長那樣的情形，在現代航海界中，已經不多見的了。

在顧秀根船長的領導下，各級船員，一共是二十二個，連船長在內，一共是二十三個。記住這個數字，一共是二十三個船員。

吉祥號由印度運了一批黃麻，在海洋中航行到第七天，一股事先毫無警告的風暴便來了，這艘老船，在風浪中顛簸着，接受着考驗。

不幸得很，風浪實在太大，而船也實在太舊，在接連幾個巨浪之下，船首部分，竟被捲去了一截，船尾翹了起來，船長眼看船要沉沒，而他也已經盡了最大的責任，是以他只好下令棄船。

即使船上的人員，全是有相當航海經驗的人，在那樣的情形下，也一樣慌了手腳。

救生艇匆匆解下，小艇在風浪之中，看來脆弱得像是雞蛋殼一樣。船長記得，一共放下了五艘救生艇，他也看到船員紛紛上了救生艇。

他自己最後離開。在那樣紛亂的情形下，他根本無法點算是不是所有人都離開了，因為救生艇一放下了海，立時便被巨浪捲走，根本不知下落。

顧秀根船長最後離開貨船，所以他那艘救生艇中，只有他一個人。當救生艇隨着巨浪，在海面上上下下掙扎的時候，除了聽天由命之外，任何辦法都沒有。

顧船長一個人，在海面上足足漂流了兩天，才被救上了一艘大型的貨船。

在海面上漂流的時候，他全然不知道他的船員怎麼樣了，而他是在半昏迷的狀態之下，被救上船去的。當他神智清醒之際，七個人湧進房間來，那是吉祥號貨船上的大副和六個船員。

劫後重逢，他們自然歡喜得擁在一起，船長問道：「其餘的人有消息麼？」

「有，」大副回答：「我們聽到收音機報告，一艘軍艦，救起了六個人，一艘漁船救了四個，還有一艘希臘貨輪，救起了六個人。」

顧船長一面聽，一面在算着人數，聽到了最後一句，他鬆了一口氣，道：「總算全救起來了。」

可是，他在講了那一句話之後，立時皺了皺眉：「不對啊，我們一共是二十三個人，怎麼四條船救起來的人，有二十四個？」

大副道：「是啊，我們以為你早已在另一艘船上獲救了，因為二十三個人已齊了，卻不料你最後還是被這艘船救了起來。」

顧船長當時也沒有在意，只是隨便道：「或許是他們算錯了。」

這時，那艘貨船的高級船員，一起來向顧船長道賀，祝賀他怒海餘生，同時表示，他們會被送到鄰近的港口去，所有獲救的船員，都將在那裏會合。

顧船長安心地休息了一天，船靠岸，他們一共八個人，被送到了當地的一所海員俱樂部中，其餘的獲救海員，也全在那裏了。

可是，顧船長才一和各人見面，便覺得氣氛有點不對頭了，首先迎上來的是二副，大副和船長一起到的，他問道：「每一個人都救起了？沒有失蹤的？」

二副苦笑了一下：「沒有少，可是多了一個。」

顧船長愣了一愣：「什麼？多了一個？」

「是的，我們一共是二十三個人，但是，獲救的卻是二十四個。」二副回答。

「荒唐，荒唐！」顧船長立時大聲說。「荒唐」是他的口頭禪，有時，用得莫名其妙，但這時，卻用得恰到好處。二十三個人遇難，怎麼會有二十四人獲救？那實在太荒唐了！

二副卻道：「船長，的確是多了一個，那個人是和我一起獲救的。」

「荒唐，他在哪裏？」船長說。

「就是他！」二副向屋子的一角，指了一指。

船長抬頭看去，看到了一個三十歲上下的男人，一個人孤零零地坐在一張椅子上，顧船長從來也未曾見過這個人，他向前直衝了過去。

人人都知道顧船長的脾氣，平時很好，可是一發起怒來，卻也夠人受的。

這時，人人都知道他要發怒了，果然，船長一來到了那人的身前，就抓了那人的胸前衣服，將那人直提了起來。

那人忙叫道：「船長！」

「荒唐，」船長大聲叱着：「你是什麼人？你是什麼時候躲在船上的？淹不死你，算你好運氣！」

可是那人卻氣急敗壞地道：「船長，你怎麼也和他們一樣，你怎麼也不認識我了？」

顧船長更是大怒：「荒唐，我什麼時候見過你？」

那人急得幾乎要哭了出來，他的聲音，也和哭泣並沒有什麼不同，他道：「船長，我是你的三副啊，你怎麼不記得了？」

顧船長呆了一呆，在那剎間，他倒真的疑心自己是弄錯了。

可是，他定睛向那人看着，而他也可以肯定，自己從來未曾見過他，於是他又大聲道：「荒唐，你如果是三副，那麼他是誰？」

船長在說的時候，指着一個年輕人，那年輕人正是船上的三副。這時，當船長向那年輕人指去時，那年輕人冷笑着：「這傢伙一直說他自己是船上的三副，弄得我也不知道自己是什麼人了。」

那人急急地分辯着：「他也是三副，船上有兩個三副，船長，你怎麼不記得我了？我是卜連昌，你們怎麼都不認識我了？」

船長鬆開了手，他不認識這個人，可是卜連昌這名字他絕不陌生。他認識的卜連昌，是一個醉酒好事之徒，當過三副，凡船長一聽到他名字就頭痛，是一個十分不受歡迎的人物，而且絕不是現在這個模樣。

這時，船長心中所想到的，只是一點，這個自稱卜連昌的人，是一個偷渡客，他不知是什麼時候躲上船來的，在船出事的時候，他也跳進了救生艇中，自然一起被人家救了上來。

所以船長道：「你不必再胡言亂語了，偷渡又不是什麼大罪，大不了遣回原地。」

卜連昌卻尖聲叫了起來，他衝到了大副的面前：「大副，你不認識我了麼，我和你出過好幾次海，你一定記得我的，是我卜連昌啊！」

大副也記得卜連昌這個人，但是他卻終於搖了搖頭：「很抱歉，我實在不認識你，我從來也未曾見過你。」

「你在說謊！」卜連昌大聲叫了起來，「這次來印度之前，你太太生了一個女孩，我還和你一起到醫院去看過你的太太。」

大副呆了一呆，船長也呆了一呆，和船長一起來的各人，也呆住了。

二副道：「船長，這件事真是很古怪，他好像真是和我們在一起已有很久一樣，他知道我們每一個人家中的事，也知道我們的脾氣。」

卜連昌終於哭了起來：「我本來就是和你們在一起很久的了，可是你們全不認識我！」

大副忙問道：「你見過我的女兒？」

「當然見過，小女孩的右腿上，有一塊紅色的斑記，她出世的時候，重七磅四安士，那全是你自己告訴我的，難道你忘了麼？」

大副的眼睛睜得老大，他知道卜連昌所說的每一句話，都是對的，但是那怎麼可能呢？因為他的確不認識這個人，這個人和卜連昌之間，一點關係也沒有！

大副苦笑着，搖了搖頭，卜連昌又衝到了另一個人的面前，握住了那人的手臂，搖着：「輪機長，你應該認識我，是不是？」

輪機長像是覺得事情很滑稽一樣，他笑了起來，不住地笑着。

卜連昌大聲道：「你不必說不認識我，在印度，我和你一起去嫖妓，你看到了那胖女人，轉身就走，難道你忘記了？」

輪機長突然止住了笑聲：「你，你怎麼知道？」

卜連昌道：「我是和你一起去的啊！」

「見鬼！」輪機長大聲喝着，他臉上的神情，卻十分駭然，接連退了幾步。「我和卜連昌一起去，可是你根本不是卜連昌！我們大家都認識卜連昌，你不是！」

卜連昌又轉向另一個人：「老黃，你也不認識我了？我和你上船前去賭檔賭牌九，你拿到了一副天子九，赢了很多錢，是不是？」

老黃搔着頭：「是就是，可是……說實在的，我不認識你。」

卜連昌不再說什麼，他帶着絕望的神情，向後退了開去，又坐在那角落的那張椅子上。

沒有人再說什麼，因為每個人的心中，都有一種極其異樣的感覺，他們實在不知說什麼才好。

最後，還是船長開了口，他道：「荒唐！你自稱是卜連昌？我們每一個人都會記不起你原來的樣子？也好，就算我們都記不起你是什麼人來了，你現在想怎樣？」

卜連昌抬起頭：「當然是回家去。」

「你家人——」大副好奇地問：「認識你？」

「我有老婆，有兩個兒子！」卜連昌憤然地回答：「大副，你別裝蒜了，你吃過我老婆的燒雞！他們當然認識我！」

大副苦笑了一下：「好，反正我們要回去的，你就跟我們一起回去吧！」

卜連昌像是充滿了最後的希望一樣，又問道：「你們每一個人，真的全不認識我？」

海員全是很好心的，看到卜連昌那種可憐的樣子，雖然大多數人都知道卜連昌這個人，但是，他們卻實在不認識眼前這個人。

於是，每一個人只好搖了搖頭。

卜連昌雙手掩着臉，哭了起來。

船長連聲道：「荒唐，荒唐，太荒唐了！」

大副忽然想到了一件事，他道：「卜……先生，你説你全認識我們，而且自稱卜連昌，那麼，你的船員證呢？在不在？」

卜連昌哭喪着臉，抬起頭來：「他們早就問過我了。我的船員證，一些衣服，全在救生艇翻側的時候失去了，怎還找得到？」

「你是和誰在一隻艇中的？」大副又問。

卜連昌指着幾個人，叫着他們的名字：「是他們幾個人，可是他們卻説根本沒有見過我，沒有我和他們一起在艇中。」

大副也只好苦笑了起來，他安慰着卜連昌：「你別難過，或許是我們……全將你忘了。」

大副在那樣説的時候，自己也知道那是決不可能的事，因為他實實在在，從來也未曾見過眼前這個人，但是為了安慰他，他不得不繼續説着連自己也不相信的話。他繼續道：「或許是我們都因為輪船失事，受了驚嚇，所以暫時想不起你來，這……也是有的。」

卜連昌絕望地搖着頭：「你們，每一個人？」

船長大聲道：「荒唐，真是夠荒唐的了！」

事情在外地，不會有結果，但是卜連昌説得那麼肯定，他甚至可以叫出輪船公司每一個職員的名字來，又説他的家是在什麼地方，都叫人不由得不信，所以船長雖然覺得事情太荒唐，還是將卜連昌帶了回來。

在飛機上，卜連昌仍然愁眉苦臉，一言不發，直到可以看到機場時，他才興奮了起來：「好了，我們快到了，你們不認識我，我老婆一定會認得我的。」

大家都安慰着他，卜連昌顯得很高興。

飛機終於降落了，二十四個人，魚貫走出了機場的閘口，閘口外面，早已站滿了前來接機的海員的親人，和輪船公司的船員。

幾乎每一個海員，一走出閘口，立時便被一大群人圍着，輪船公司的職員，在大聲叫着，要各人明天一早，到公司去集合。只有卜連昌走出閘口的時候，沒有人圍上來。

在卜連昌的臉上，現出了十分焦急的神色來，他踮起了腳，東張西望，可是，卻根本沒有人注意他，他顯得更焦急，大聲叫道：「姜經理！」

一個中年人轉過身來，他是輪船公司貨運部的經理。他一轉過身來，卜連昌便直來到了他的面前：「姜經理，我老婆呢？」

姜經理望了卜連昌一眼，遲疑地道：「你是——」

卜連昌的臉色，在一剎那間，變得比雪還白，他的聲音之中，充滿了絕望，他尖聲叫了起來：「不，別說你不認識我！」

姜經理卻只覺得眼前的情形，十分可笑，因為他的確不認識這個人。

姜經理道：「先生，我是不認識你啊！」

卜連昌陡地伸手，抓住了姜經理的衣袖，姜經理嚇了老大一跳：「你做什麼？」

船長走了過來：「姜經理，這是卜連昌，是……吉祥號上的三副。」

姜經理忙道：「顧船長，你瘋了？沒有得到公司的同意，你怎可以招請船員？」

船長呆了一呆：「那是他自己說的。」

顧船長的話，令姜經理又是一怔：「什麼叫他自己說的？」

船長苦笑了一下，他要費一番唇舌，才能使姜經理明白，什麼叫「他自己說的」，姜經理忙道：「胡說，我從來也沒有見過他！」

他一面說，一面用力一推，推開了卜連昌。

這時，又有幾個公司的職員，圍了過來，紛紛喝問什麼事，卜連昌一個一個，叫着他們的名字。

可是，他們的反應，全是一樣的，他們根本不認識卜連昌這個人。

卜連昌急得抱住了頭，團團亂轉，一個公司職員還在道：「哼，竟有這樣的事，吉祥號輪船上，明明是二十三個船員，怎麼忽然又多出了一個三副來？」

又有人道：「通知警方人員，將他扣起來！」

在眾人七嘴八舌中，卜連昌推開了眾人，奔向前去，在一椅子上，坐了下來，他的雙眼之中，顯得驚懼和空洞，令人一看，就覺得他是在絕望之中。我就是在那樣的情形之下，遇到他的。

我到機場去送一個朋友離開，他離開之後，我步出機場，在卜連昌的面前經過。

因為卜連昌臉上的神情太奇特了，所以，我偶然地向他望了一眼之後，便停了下來，注視着他，心中在想着，這個人的心中，究竟有什麼傷心的事，才會有那樣絕望的神情？

卜連昌也看到我在看他，他抬起頭來，突然之間，他的臉上，充滿了希望，一躍而起：「先生，你，你可是認識我？」

我給他那突如其來的動作，嚇了一跳，忙搖頭道：「不，我不認識你。」

他又坐了下來，那時，顧船長走了過來，我和顧船長認識卻已很久，我們兩人，忙握着手，我說了一些在報上看到了他的船出事的話，反正在那樣的情形下見面，說的也就是那些話了。

顧船長和我說了幾句，拍着卜連昌的肩頭道：「你別難過，你還是先回家去，明天再到公司來集合，事情總會解決的。」

卜連昌的聲音和哭一樣，還在發着抖：「如果，如果我老婆，也像你們一樣，不認識我了，那……怎麼辦？」

我聽了卜連昌的話，幾乎想哈哈大笑了起來，我當時還不知道詳細的情形，這個人的神經，一定不正常。

顧船長嘆了一聲：「照你說，你和我們那麼熟，那麼，你的老婆，認得我麼？」

卜連昌道：「她才從鄉下出來不久，你們都沒有見過她和我的孩子。」

顧船長道：「不要緊，她不會不認得你的。」

我在一旁，愈聽愈覺得奇怪，因為顧船長無論如何不是神經不正常的人。

我忙問道：「怎麼一回事？」

顧船長道：「荒唐，我航海十多年了，見過的荒唐事也夠多了，可是沒有比這更荒唐的，我們竟多了一個人出來，就是他！」

我仍然不明白，卜連昌已然叫道：「我不是多出來的，我根本是和你們在一起的。」

顧船長道：「荒唐，那麼，連姜經理也不認識你？你還是快說實話的好。」

卜連昌雙手掩住了臉，哭了起來。

我心中的好奇更甚，連忙追問。顧船長才將經過情形，向我說了一遍。

而我在聽了顧船長的話後，也呆住了。

我當時心中想到的，和顧船長在剛才見到卜連昌的時候，完全一樣，我以為他是躲在輪船上，想偷渡來的，卻不料輪船在中途出了事，所以，我拍了拍他的肩頭，道：「兄弟！」

卜連昌抬起頭來望着我，好像我可以替他解決困難一樣。我道：「兄弟，如果你是偷渡來的——」

卻不料我的話還未曾說完，卜連昌的臉色，就變得十分蒼白。只有一個心中憤怒之極的人，才會現出那種煞白的臉色來的。

他厲聲叫道：「我不是偷渡者，我一直都是海員！」

他雙眼睜得老大，看他的樣子，像是恨不將我吞吃了一樣，他那種樣子，實令我又是好氣，又是好笑，同時，我多少也有些可憐他的遭遇。

是以，我雙手搖着：「好了，算我講錯了話。」

卜連昌的神色，漸漸緩和了下來，他站了起來，低着頭，呆了半晌，才道：「對不起。」

我仍然拍着他的肩頭：「不要緊。」

卜連昌道：「顧船長，我想我還是先回家去的好，我身邊一點錢也沒有，你可以先借一點給我做車錢？」

顧船長道：「那當然沒有問題。」

顧船長在講了那一句話之後，口唇掀動，欲言又止，像是他還有許多話要說，但是卻又難以啟齒一樣。然而他倒不是不肯將錢借給卜連昌，因為他已取出了幾張十元面額的紙幣來。

卜連昌也不像是存心騙錢的人，因為他只取了其中的一張，他道：「我只要夠回家的車錢就夠了，我老婆有一些積蓄，一到家就有錢用了。」

顧船長又吩咐着他，明天一早到船公司去。卜連昌苦笑着答應。顧船長走了開去，而在卜連昌的臉上，現出了一股極度茫然的神色來。

我在那一剎間，突然產生了一股十分同情之感，我道：「卜先生，我的車就在外面，可要我送你回家去？」

卜連昌道：「那……不好吧！」

我忙道：「不要緊，我反正沒有什麼事，而你又從海上歷險回來，一路上，你講一些在海上漂流的經歷給我聽，也是好的。」

卜連昌又考慮了一會，便答應了下來，道：「好，那就麻煩你了！」

我和他一起走出了機場大廈，來到了我的車旁。這時，其他的海員也正在紛紛離去，我注意到當他們望向卜連昌之際，每一個人的神色，都顯得十分異樣。

第二部

沒有人認識的人

我和卜連昌一起上了車，卜連昌的家是在一個中等住宅區之中，一路上，我多少知道了一些他的家庭情形，他的妻子才從鄉下帶着兩個孩子出來，他們租了一間相當大的房間，那一層單位，是一個中醫師的，可以算得上很清靜。

而他的收入也相當不錯，所以他們的家庭，可以說相當幸福。

他一直和我說着他家中的情形，而在每隔上一兩分鐘，他就必然要嘆上一口氣：「我老婆為什麼不到機場來接我？」

我安慰着他：「你老婆才從鄉下出來，自然沒有那樣靈活。」

卜連昌不禁笑了起來：「她出來也有半年了，早已適應了城市生活。唉，她為什麼不來接我？你說，她會不會也不認識我？」

我道：「那怎麼會？你是她的丈夫，天下焉有妻子不認識丈夫的事？」

卜連昌的笑容立時消失了，他又變得愁眉苦臉：「可是……可是為什麼顧船長他們，都不認識我呢？他們是不是聯合起來對付我？」

我搖頭道：「你別胡思亂想了！」

卜連昌苦笑着，道：「還有公司中的那些人，他們明明是認識我的，何以他們說不認識我？」

關於這一點，我也答不上來。

這實在是不可解釋的。如果卜連昌的確是他們中的一個，那麼，人家怎會不認得他？自然不會所有的人都聯合起來，一致説謊，説自己不認識卜連昌的。

而卜連昌説那樣的謊話，他的目的是什麼呢？

如果卜連昌是一個神經不正常的人，那自然是很合理的解釋，那麼，他又怎能知道那些人的私事？那些私事，只有極熟的朋友才能知道，而絕不是陌生人所能知曉的。

我的心中充滿了疑惑，是以連駕車到了什麼地方也不知道。還是卜連昌叫了一聲：「就是這條街，從這裏轉進去。」

我陡地停下車，車子已經過了街口。

我又退回車子裏，轉進了那條街，卜連昌指着前面：「你看到那塊中醫的招牌沒有？我家就在那層樓。」

我向前看去，看到一塊很大的招牌，上面寫着：「三代世醫，包存忠中醫師。」

我將車駛到那幢大廈門前，停了下來，卜連昌打開車門，向外走去，他向我道謝，關上車門，我看到他向大廈門口走去。

可是，他還未曾走進大廈，便又退了出來，來到了車旁，他的聲音有些發抖：「我……我希望你能陪我一起去。」

我奇怪地問：「為什麼？」

卜連昌雙手握着拳：「我有些……害怕！」

我自然知道他是為什麼害怕的，他是怕他的妻子和他的兒女不認識他。這種擔心，若是發生在別人的身上，那實在是天下最可笑的事情了！

但是，我卻覺得，卜連昌已經有了那樣可怕的遭遇，他那樣的擔心，卻也不是多餘。

我立時道：「好的，我和你一起上去。」

我走出了車子，關上車門，和他一起走進了大廈。他對那幢大廈的地形，十分熟悉，大踏步走了進去，我跟在他的後面。

我看到他在快走到電梯時，和一個大廈的看更人，點了點頭。那看更人也向他點點頭。

卜連昌顯得很高興，可是我的心中，卻感到了一股涼意，因為我看到，卜連昌才一走了過去，那看更人的臉上，便現出了一股神情來，在背後打量着卜連昌，又向我望了一眼。

從那看更人的神情舉止看來，在他的眼中，卜連昌分明是一個陌生人！

我自然沒有出聲，我們一起走進了電梯，一個中年婦人，提着一隻菜籃，也走了進來，我真怕卜連昌認識那中年婦人，又和她招呼！

卜連昌還真是認識那中年婦人的，他叫道：「七嬸，才買菜回來啊，小寶是不是還在包醫師那裏調補藥吃？其實，小孩子身弱些，也不必吃補藥的。」

卜連昌説着，那中年婦女以一種極其奇怪的神色，望着卜連昌。

卜連昌也感到對方的神色很不對路，是以他的神色又變得青白起來。

電梯停在三樓，那中年婦人在電梯一停之後，便推開了門，匆匆走了出去。

卜連昌呆立着，我可以看出，他的身子在微微發着抖，而我也沒有出聲，我實在沒有什麼好說的，事實已再明顯沒有了，他認識那中年婦人，但是那中年婦人，卻根本不認識他。

那中年婦人臉上的神情那樣奇怪，自然是很可以解釋的。在電梯中，有一個陌生人來和你講話，那並不是什麼出奇的事，但是當那陌生人，竟然知你家中的情形時，事情便十分可怪了。

電梯在繼續上升，電梯中的氣氛，是一種令人極其難堪的僵硬。

電梯停在七樓，卜連昌的手在發着抖，他推開了電梯門，我和他一起走了出去。他抓住了我的手臂，轉過頭來：「剛才那女人是七嬸，我不出海的時候，經常和她打牌，可是她……她……」

我不讓他再說下去，便打斷了他的話頭，道：「別說了，等你回到家中之後，好好休息一下，就不同了。」

我幾乎是扶着卜連昌向前走去的，我們停在「G」座的門前，在那扇門旁邊的白牆中，也漆着「中醫師包存忠」的字樣。

卜連昌呆了一陣，深深地吸了一口氣，伸手去按門鈴。門先打開了一道縫，還有一道鐵鏈連着，一個胖女人在那縫中，向外張望着。

卜連昌還沒有說話，那胖女人道：「包醫師還沒有開始看症，你們先到街上去轉一轉再來吧！」

卜連昌在那時候，身子晃了一晃，幾乎跌倒，我連忙扶住了他。

他用近乎呻吟的聲音道：「包太太，我是阿卜啊，你怎麼不認識我了？」

那胖女人面上的神情，仍然十分疑惑，卜連昌卻突然暴躁了起來：「快開門！我老婆呢？她應該知道我今天回來的，為什麼不來接我？」

胖女人臉上的神情更疑惑了，她道：「你老婆？先生，你究竟是什麼人？」

卜連昌的口唇抖動着，但是他卻已無法講得出話來，我忙道：「他是你的房客，住在你們這裏的，他叫卜連昌，是你的房客！」

胖女人搖着頭：「你們找錯人家了，我們倒是有兩間房租出去，但不是租給他的，是租給一對夫婦，和兩個小孩子！」

就在這時，一陣小孩的喧嘩聲，傳了出來，我看到一個八九歲的男孩，和一個六七歲的女孩，追逐着，從一間房間中，奔了出來。

卜連昌自然也看到了他們，卜連昌立時叫道：「亞牛、亞珠！」

那兩個孩子正在奔逐，卜連昌一叫，他們便突然停了下來，卜連昌又道：「亞牛、亞珠，阿爸回來了，你阿媽呢？快開門給我。」

那兩個孩子來到了門口，仰起頭，向卜連昌望來，卜連昌的臉上，本來已現出十分親切的笑容來，可是當他看到了那兩個孩子的神態時，他臉上的笑容，卻僵住了！那兩個小孩望着他，那女孩問道：「阿哥，這個人，是什麼人？」

男孩搖着頭：「我不知道。」

我連忙推開了卜連昌，蹲下身子來，道：「小弟弟，你叫什麼名字？」

男孩道：「我？我叫卜錦生。」

我忙又道：「你爸爸叫什麼名字？」

男孩眨着眼：「叫卜連昌！」

我直起了身子來，那男孩的父親叫卜連昌！

而在我身邊的人就是卜連昌，那男孩子卻不認識他！

卜連昌在我站了起來之後，立時又蹲到了門縫前，急急地道：「你看看清楚，亞牛，我就是你的爸爸，你……你……」

亞牛搖着頭，卜連昌急了起來，道：「亞牛，我買給你的那一套西遊記泥娃娃，你還記得麼？」

亞牛睜大了眼睛，現出很奇怪的神情來，他一面吮着手指，一面道：「咦，你怎麼知道？」

卜連昌幾乎哭了起來：「那是我買給你的啊！」

亞牛大搖其頭：「不是，不是你買給我的，是我爸爸買給我的。」

我已經感到事態十分嚴重，那位胖婦人，似乎不想這件事再繼續下去，她用力在推着門，想將門關上，可是這時，卜連昌就像發了瘋一樣，突然用力一撞，撞，撞在大門上。

我也不知道卜連昌會有那麼大的力度，他一撞之下，「蓬」地一聲響，那條扣住門的鐵鏈，已被他撞斷，他也衝進了屋中。

那胖婦人嚇得尖聲叫了起來，天下實在再也沒有比胖婦人尖叫更可怕的事了，是以我連忙走了進去，道：「別怕，千萬別怕，他沒有惡意！」

卜連昌撞開門，衝進去，再加上胖婦人的尖叫聲，和我的聲音，實在已十分驚人，我看到屋中其他的人，也都走了出來。有一個人身形相當高的中年人，他可能就是那個姓包的中醫師，他一出來，就對着卜連昌喝道：「你是什麼人，亂闖做什麼？」

另一間房間中，走出一個看來很瘦弱，滿面悲容的女人來，那女人一走出來，亞牛和亞珠兩個孩子，連忙奔到了她的身邊，叫道：「媽！媽！」

卜連昌衝進屋子來之後，一直都只是呆呆地站着，在發着抖。

直到那女人走了出來，他才用充滿了希望的聲音叫道：「彩珍，我回來了！」

那女人吃了一驚：「你是誰？」

卜連昌的身子搖晃着，幾乎跌倒。

我忙走過去，問那女人道：「阿嫂，你不認識他，他是卜連昌啊！」

那女人吃了一驚：「卜連昌？他倒和我的先生同名同姓！」

卜連昌的嘴唇在發着抖，發不出聲音來，我知道，他出聲的話，一定是說「我就是你的先生」。

我向他揮了揮手，示意他不要急於開口。

因為我覺得，事情已快到水落石出的階段了，因為，確有卜連昌其人，而且，卜連昌也有妻，有子女，那情形，和我身邊的卜連昌所說的一樣，只不過忽然之間，大家都變得不認得他而已。

是以我問道：「卜太太，那麼，你的先生呢，在什麼地方？」

卜太太臉上的神情，更是憂戚，她先向身邊的兩個孩子，望了一眼，然後拍着他們的頭：「快進房間去！」

亞牛和亞珠聽話地走進了房間中。

卜太太才嘆了一聲道：「先生，我先生他……死了，我一直不敢對孩子說，她們的爸爸已不在人世了！」

我吃了一驚，在剎那間，我忽然想起了「借屍還魂」這一類的事情來。

我忙又問道：「你先生的職業是——」

「他是海員，在一艘輪船上服務，我幾天前才接到通知，船在南美洲的一個港口時，他被人殺害了。」卜太太哭了起來。

卜連昌雖然經我一再示意他不要出聲，可是他卻終於忍不住了，他大叫道：「彩珍，你在胡說什麼？我不是站在你面前麼？」

卜太太吃了一驚，雙手亂搖：「先生……你……不要胡言亂語。」

我又道：「卜太太，他的聲音，不像你的先生？」

「當然不像！」

我忽然生出了一個很古怪的念頭來，我在想，卜連昌在海中獲救之後，可能還未曾照過鏡子，那也就是說，他可能未曾見過自己的樣子。

如果，讓他照鏡子，他也不認得自己的話，那麼，事情雖然仍是怪誕得不可思議，但是至少可以用「借屍還魂」來解釋的了。

我一想到了這一點，立時順手拿起了放在一個角落的鏡子來，遞給了卜連昌，道：「你看看，看看你自己，是不是認識你自己。」

卜連昌怒道：「你在開什麼玩笑？」

但是我還是堅持着：「你看看有什麼關係？」

卜連昌憤然接過鏡子來，照了一照：「那當然是我，我自己怎會認不出自己來？」我不禁苦笑了一下，看來，那顯然並不是什麼「借屍還魂」，而是忽然之間，在一個卜連昌死了之後，多了一個卜連昌出來，而那個多出來的卜連昌，卻誰也不認識他，只有他自己認得自己。

這實在可以說是天下最怪的怪事了！

我心中迅速地轉着念，我想了許多念頭，首先想到的是，那個死在南美洲的卜連昌，是什麼樣子的呢？

我又道：「卜太太，還想麻煩你一件事，你一定有你先生的照片，可不可以拿出來我看看？」

卜太太望了我片刻，大概她看我不像是壞人，所以，她轉身進入房中，那時，卜連昌已在一張沙發上，坐了下來，雙手掩住了面。

那位中醫師，和他的胖太太，則充滿了敵意，望定了卜連昌和我。

我只好勉力向他們兩人裝出微笑。

卜太太只去了一兩分鐘，便走了出來，她的手中，拿着幾張照片。可能是她看到了照片，又想起了丈夫，是以她的雙眼之中，淚水盈眶。她將照片交到了我的手中，那是他們一家人的合照。

我才向那些照片看了一眼，心中就不禁替坐在沙發上，掩住了臉的卜連昌難過！

站在那女人，和那兩個孩子之旁的，是一個身形很粗壯的男人，那男人，和自稱卜連昌的，根本沒有絲毫相似之處。

我指着那男人問道：「這位是你先生？」

卜太太含着淚，點了點頭。

我向包醫師望去，包醫師立即道：「是的，那是卜連昌卜先生。」

我將照片交還給了卜太太，然後，走向沙發，我拍了拍卜連昌的肩頭：「我們走吧！」

我的手指才一碰到卜連昌的肩頭，卜連昌便像觸了電一樣跳了起來：「我到哪裏去？這裏就是我的家，我回家了，我到哪裏去？」

卜太太和包醫師夫婦，都吃驚地望着他，包醫師厲聲道：「你再不走，我要報警了！」

我忙道：「不必報警，我們走。」

卜連昌怪叫道：「我不走！」

我沉聲道：「卜先生，現在你不走也不是辦法，你遭到的困難，可能是世界上獨一無二的，沒有一個人是認識你的！」

卜連昌道：「他們全瘋了！」

我苦笑了一下：「事情總有解決的一天，我看，你一定沒有辦法留在這裏，因為他們根本不認識你。我有一個提議，你先到我家裏去暫住一些時日，你認為怎樣？」

卜連昌用一種怪裏怪氣的聲音，笑了起來：「我認識的人，他們全不認識我，倒是你，我本來完全不認識的，反肯幫我的忙！」

我無法回答他的話，只好道：「這世界本來就是很反常的，是不是？」

卜連昌低着頭，慢慢向門外走去，他走到了門口，仍然依依不捨，回頭過來，向卜太太望了一眼：「彩珍，你真不認識我了？」

卜太太連忙搖頭，我道：「卜太太，你的名字，是叫作彩珍？」

卜太太現出十分奇怪的神色來，道：「他……他怎麼知道我的名字的？很少人知道我的名字！」

卜連昌又笑了起來：「我當然知道你的名字，我和你做了幾年的夫妻，你可還記得，我們在鄉下，初見面的那天，是阿保阿嬸帶你到我家來的，你穿著一件藍底紅花的衣服，用紅頭繩紮着頭髮，見了我一句話也不說，你可記得麼？」

卜太太的身子，劇烈地發起抖來。

卜太太雖然沒有說話，但是從她的神態上，已經毫無疑問，可以看出，卜連昌所說的一切，全是事實。

卜太太一面發着抖，一面仍搖着頭：「不，你不是我的先生。」

卜連昌臉色灰敗，轉過身，向外走去，我跟在他的後面，到了門口，又轉身向包醫師夫婦，連聲道歉，但他們已忙不迭將門關上了。

卜連昌呆立在門口，我扶着他進了電梯，出了大廈門口，又扶着他進了我的車子。

我坐在他的身邊，望了他一眼，卜連昌喃喃地道：「為什麼？他們全不認識我了？」

我雙手扶在駕駛盤上，心中亂成一片。

我道：「奇怪得很，真有一個人叫卜連昌，而且也是海員，但是他的船公司顯然和你的不同，他是走南美的，死在那邊了。」

卜連昌失神地瞪大着眼，一聲不出。

我十分同情他：「現在，看來沒有什麼法子，證實你的存在了。」

卜連昌喃喃地道：「如果他們全不認識我，那麼，我何以會認識他們？我明明是吉祥輪上的三副，為什麼船一出了事，我被救起來之後，就什麼都不同了？」

我望着他，他的神情極痛苦，我對他所說的一切，實在是絕不懷疑，有很多事，如果他不是卜連昌，根本不可能知道。

可是，他卻又不是那個卜連昌。

我發動了車子，卜連昌坐在我的身邊，一直在喃喃自語着，看來，他的神經，好像已很不正常。

這實在是難怪他的，試想，任何人，如果有了他那樣的遭遇，誰還能維持神經正常？忽然之間，他所熟悉的所有人，都變得不認識他，連他的妻子、兒女，也全然未曾見過他！

這是多麼可怕的事！

一直到了我的家中，他像是喝醉了酒一樣，腳步蹌踉地走着，白素迎了出來，看到了卜連昌，不禁呆了一呆，她用眼色向我詢問這是什麼人？

我並沒有立即回答她，我先請卜連昌坐下，斟了一杯白蘭地給他，希望酒能使他的神經鎮定一些。

我將白素拉到一邊，低聲將卜連昌的遭遇，用最簡單的方法，向她講了一遍。

長年和我在一起，白素自然也遇到過不知多少古怪的事情了。可是從她這時臉上的神情看來，她一定也認為那是她遇到過的怪事中最怪的一件了。

當她聽完了我的話之後，我們才一起來到卜連昌的身前。我向卜連昌介紹白素：「卜先生，這是內人。」

卜連昌只是失神落魄地望着白素，白素在他的對面，坐了下來，用柔和的語聲道：「卜先生，這件事，其實是很容易解決的。」

白素突然之間，講出了那樣一句話來，不但卜連昌立時瞪大了眼，連我也為之一驚。

我忙道：「白素，你有什麼辦法？」

白素道：「卜先生説，他是吉祥號貨輪上的三副，但是大家都不認識他，據我所知，一艘船上的船員，總有合照留念的習慣——」

白素的話還未曾講完，我和卜連昌兩人，都一起跳了起來。

我在跳起來之際，不禁用手在自己的頭上，拍打了一下，埋怨我自己怎麼會沒有想到這一點！

這的確是很容易解決的，如果卜連昌曾在照片中出現，那自然是表示他這個人，的確是存在的。

而卜連昌在跳了起來之後，立即尖聲叫道：「有的，我們曾在公司的門口，合拍過一張照片，我們二十四個人，一起拍過照的，我站在第二排，好像是左首數起，第八個人，在二副的身邊。」

我忙道：「那就行了，反正你明天一早就要到公司去，有這張照片，就可以證明你是他們中的一個了。」

卜連昌的臉上，總算有了一點生氣，他忙道：「我現在就去。」

我道：「不必那麼急，反正已有證據了。」

但是卜連昌卻十分固執，他又道：「不，我現在就要去，我要他們明白，是他們記不起我了，而不是我在胡說八道！」

我點着頭道：「好吧，我想你不必我再陪你了。」

卜連昌道：「當然，當然，麻煩了你那麼久，真有點不好意思。」

我也替他高興，眼看着他興高采烈地走了出去。可是，當他出了門之後不久，我的高興，便漸漸地消失了，因為，我想到，事情決不會如此簡單！因為，不認識他的人，不單是吉祥貨輪上的船員，而且，還有公司的職員，和他的家人。

如果照片上有卜連昌這個人存在，那麼，事情變得更加複雜了！因為，船員全不記得卜連昌這個人，還可以勉強解釋為遇險的時候，每一個人都受了刺激（這個可能其實也幾乎是不存在的）。但是，船公司的職員和他的家人，如何都不認識他呢？

我坐在沙發上沉思着，一點頭緒也沒有，因為這實在是難以想得通的事。

過了半小時之後，電話鈴突然響了起來，白素拿起了電話，我聽到一個男人大聲道：「哪一位衛斯理先生？我們是輪船公司！」

在那個男人的聲音中，我又聽到卜連昌的大叫聲：「不是這張，不是這張，你們將照片換過了，你們為什麼要那樣做？」

我可以聽到電話那邊的聲音，可知打電話來的地方，正在一片混亂之中，是以每一個人都在放開了喉嚨大叫。

我站起身來，也不去接聽電話，也大聲道：「告訴他們，我立即就去，叫他們別報警！」

我奔出門口，跳上車子，闖過了三個紅燈，趕到了輪船公司。

看到了一輛警車，停在輪船公司的門口，我知道船公司的職員已報了警，我衝進了船公司，只見卜連昌在兩個警員的挾持下，正在竭力掙扎着。

他滿臉皆是憤怒之色，面漲得通紅，發出野獸嗥叫一樣的怪聲來。

我忙道：「卜連昌，你靜一靜！」

船公司中有一張桌子翻轉了，幾個女職員，嚇得花容失色，躲在角落中，一個警官向我走了過來：「你是他的什麼人？」

我略呆了一呆，我是卜連昌的什麼人？什麼人也不是，但是在那樣的情形下，我卻只好說道：「我是他的朋友！」

那警官道：「你的朋友神經不正常？」

我苦笑着，這個問題，我卻是沒有辦法回答的了，因為我認識他，只不過幾小時！

我只好反問道：「他做了什麼？」

船公司的一個職員，走了過來，他的手中，拿着一張照片：「這人衝進公司來，說要看吉祥號全體船員的照片，本來我們是不讓他看的，但是他又一再哀求着，誰知道他一看之下，就發了瘋！」

我在那職員的手中，接過了那照片來，照片上有二十多個人，我看到第二排，數到第八個，那是一個二十多歲的年輕人，絕不是卜連昌。

我向卜連昌望去，卜連昌叫道：「不是這一張，衛先生，不是這一張！」

那公司職員道：「我們也不知道他是什麼意思，他硬說他應該在那張照片中，在二副和電報員的中間，可是，你看這照片！」

我又看了那照片一下，不禁苦笑了起來。

那警官已揮手道：「將他帶走，你是他的朋友，可以替他擔保。」

卜連昌仍在掙扎着、叫着，我抱着萬一的希望，問那職員道：「先生，吉祥號貨輪在出發前，船員只拍了這一張全體照？」

那職員可能以為我也是神經病了，他瞪着眼，不耐煩地道：「又不是結婚照，還要拍多少款式？」

兩個警員已挾持着卜連昌，向外走了出去。我在那片刻間，已然可以肯定，那照片絕沒有駁接、疊印的痕迹。那警官問我：「你替他擔保麼？」

我點頭道：「當然。」

「那就請你一起到警局去。」

我沒有別的選擇了，誰叫我因一時的好奇，認識了卜連昌這樣一個「多出來的人」。

我和卜連昌一起到了警局，一小時後才離開。卜連昌的臉色，變得更蒼白。我望着他。他緩緩地道：「我不想再麻煩你了。」

我道：「不是麻煩不麻煩的事，我想，總該有什麼人認識你的，我替你想想辦法！」

我想出來的辦法是，將卜連昌的放大照片，登在全市各大報紙的第一版上，希望認識他的人，立即來和我聯絡。

我的第二個辦法則是，委託小郭，去調查那個在南美死去的卜連昌的一切。而我將卜連昌，暫時安置在我的進出口公司中，做一份他可以勝任的工作。卜連昌的照片，在報上一連登了七天。

七天之後，幾乎卜連昌一走在街上，就有人認識他就是那個在報上刊登「誰認識我」的照片的怪人。但是，卜連昌在世上，根本一個熟人也沒有，因為七天來，沒有人和我聯絡。

第七天，小郭的調查報告也送來了，那個卜連昌，是一個海員，今年三十歲，他的職位是三副，一直走遠洋航線，他在哥倫比亞和當地的流氓打架，被小刀子刺死的。遺有一妻，一子及一女。

小郭的調查報告，做得很詳細，除了那個卜連昌的照片之外，還有他的遺孀的照片。

照片上的那女人，和一個男孩，一個女孩，我都不陌生，都見過他們。

當我看完了小郭送來的調查報告之後，我不禁發了半晌呆。

因為我根本無法想像那究竟是怎樣一回事。

世上，的確有一個卜連昌，但是那個卜連昌卻已經死了，有極其確鑿的證據，是不可否認的事實。

可是，另外有一個人，卻又自稱是卜連昌，他知道那個已死的卜連昌家中的一切事。但是另一方面，他的生活背景，又和那個卜連昌絕不相同。

而更令人迷惑難解的事，現在的這個卜連昌，在他出現之前，根本沒有人認識他，而他的出現方法，也是奇特之極，他是在吉祥號貨輪出事之後，被人從海上，和其他的船員，一起救起來的。

撇開所有的一切不可思議的事不說，單說他是如何會在海面上漂流的，這一點，已是不可思議之極的事了。

直到現在為止，這個卜連昌，還提不出任何證據（除了他自己所說之外），可以證明他在海面遇救之前，曾在這世界上出現過。

他所認識的人，人家全都不認識他，他說曾和大家合拍過照片，但是，當那照片取出來之後，照片上卻連他的影子也沒有。

我呆了好久，不禁苦笑了起來。

那時，我正在我那家進出口公司的辦公室中，我呆了片刻，才按下了對講機的掣，通知我的女秘書，道：「請卜連昌來見我。」

我聽得女秘書立時道：「怪人，董事長請你進去。」

我不禁苦笑了一下，我將卜連昌安插在我的公司之中任職，公司中所有的同事，在第二天起，就開始叫他「怪人」，一直叫到現在，「怪人」幾乎已代替了他原來的名字了。

那自然是怪不得公司的同事的，因為卜連昌的確是怪人，他實在太怪了，他是一個突如其來，多出來的人，這世上本來沒有他，而他突然來了！

第三部

電腦專業熟練無比

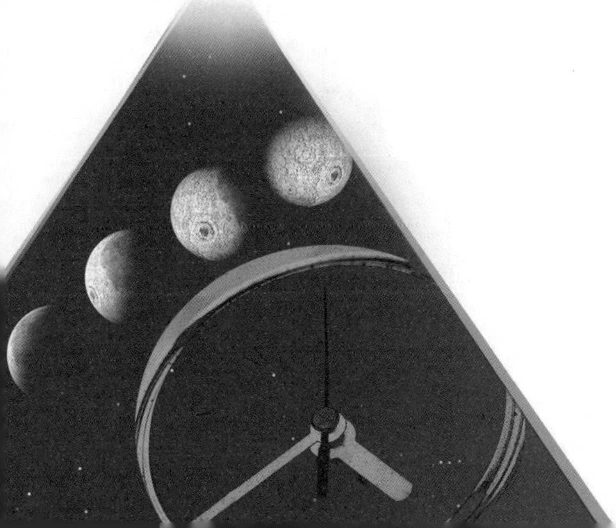

本來，每一個人都是那樣的，世上本沒有這個人，但忽然來了，可是，每一個人，來到這世上，都是嬰兒，只有卜連昌，似乎一來到世上，便是成人，他有他的記憶，有他的生活，但是，世界上沒有一個人認識他，他是多出來的一個人。

我等了極短的時間，便傳來了敲門聲，我道：「請進來。」卜連昌推開了門，走了進來。

我向我面前的一張椅子，指了一指：「請坐。」

然後，在他坐下之後，我將那份調查報告，交給他：「你先看看這個。」

自從我認識卜連昌以來，他的臉色，就是那麼蒼白，當他接過那份報告書的時候，我看到他的手指，在神經質地發着抖。

但是，他卻沒有說什麼，接過了報告書，仔細地看着，一面看，一面手指抖得更厲害。

他花了十分鐘的時間，看完了那份報告。

在那十分鐘之內，我留心觀察他臉上的神情。

我雖然已可以肯定，卜連昌所說的一切，決不是他為了達到任何目的而說的謊，但是，那份報告書，卻等於是一個判決書，判決他根本以前是不屬於這個世界，世上是根本沒有他這一個人的。

我想知道他在明白這一點之後，有什麼反應，是以我留心看着他的神情。

他在初初看的時候，現出了一種極其憎惡的樣子來，他的臉色也格外蒼白。而當他看到了一半時，他那種哀切的神情，更顯著了，他的口唇哆嗦着，可是他卻又未曾發出任何的聲音來。

卜連昌看完了那份報告，他將之放了下來，呆了極短的時間，然後用雙手掩住了臉。

他的身子仍然在發着抖。

過了好一會，他依然掩着臉，講了一句任何人都會同情他的話：「那麼……我是什麼人呢？」

我苦笑了一下：「這要問你，你難道一點也想不起你是什麼人？」

他慢慢地放了手，失神落魄地望定了我。

他道：「我不知道，我只知我自己是卜連昌，但是看來，我不是……卜連昌，我是什麼人，為什麼沒有一個人認識我，我……是從哪裏來的？」

我望了他一會，才道：「你似乎還未曾將吉祥號遇險經過，詳細告訴過我。」

我是想進一步知道，他突然來到世上的情形，是以才又和他提起舊事來的。

他雙手按在桌上：「我可以詳詳細細和你講述這一切經過。」

接着，他便講了起來。

他講得十分詳細，講到如何船在巨浪中搖晃，如何大家驚惶地在甲板上奔來奔去，如何船長下令棄船，他和幾個人一起擠進了救生艇。

他不但敍述着當時的情形，而且還詳細地講述着當時每一個人的反應，和他在救生艇中，跌進海內，被救起來之後的情形。

我仔細聽着，他的敍述，是無懈可擊的，從他的敍述中，可以絕對證明他是吉祥號輪中的一員，因為若不是一個身歷其境的人，決不能將一件事，講得如此詳細，如此生動！

他講完之後，才嘆了一聲：「事情就是那樣，當我被救起來之後，所有的人，都變得不認識我了，甚至未曾聽見過我的名字。」

我沒有別的辦法可想：「現在，你只好仍然在我的公司中服務，慢慢再說。」

卜連昌站了起來，他忽然講了一句令我吃驚的話：「我還是死了的好！」

我將手按在他的肩頭上：「千萬別那麼想，你的遭遇我十分同情，而你現在，也可以生活下去，你的事情，總有水落石出的一天。」

卜連昌發出了一連串苦澀笑聲來，他握住了我的手：「謝謝你，衛先生，我想，如果不是遇到你的話，真只有死路一條了。」

他退出了我的辦公室，我又想了片刻，才決定應該怎樣做。

我和小郭聯絡，請他派最能幹的人，跟蹤卜連昌。同時，我又和在南美死的那個卜連昌的熟人接觸，了解那個卜連昌的一切。

因為我深信在兩個卜連昌之間，一定有着一種極其微妙的聯繫的。

經過了半個月之久，我得到結果如下：

先說那個死在南美洲的卜連昌，他有很多朋友，幾乎全是海員，那些人都說，卜連昌是一個脾氣暴躁的傢伙，動不動就喜歡出手打人，而且，根本沒有念過什麼書，是一個粗人。

但是現在的這個卜連昌，卻十分溫文，而且，雖然未受過良好的教育，他的航海知識也極豐富，他說是在航海學校畢業的，他的知識，足以證明他是一個合格的三副，而絕不是一個粗人。

兩個卜連昌是截然不同的，相同的只有一點，就是現在這個卜連昌，認為死在南美洲的那個卜連昌的遺孀和子女，是他的妻子和子女。

小郭偵探事務所的私家偵探，跟蹤卜連昌的結果是，卜連昌幾乎沒有任何娛樂，他一離開公司，就在那大廈附近徘徊着。

他曾好幾次，買了很多玩具及食品，給在大廈門口玩耍的阿牛和阿珠。

他也曾幾次，當那個叫「彩珍」的女人出街時，上去和她講話，直到那女人尖聲叫了起來，他才急急忙忙地逃走，那大廈附近的人，幾乎都已認識了他，也都稱呼他為「神經佬」。

卜連昌的生活，極其單調，他做着他不稱職的工作，一有空，就希望他的「妻子」及「子女」能夠認識他，那似乎並沒有再可注意之處了。

我的心中，那個謎雖然仍未曾解開，但是對於這件事，我也漸漸淡忘了。我有我自己的事，實在很忙，我和卜連昌大約已有一個多月沒有見面了，那天上午，我正準備整裝出門，去赴一個朋友的約會，電話突然響了。

白素拿起電話來，聽了一聽，就叫我道：「是你的電話，公司經理打來的。」

公司的經理，是我的父執，整間公司的業務，全是由他負責的，我只不過掛一個名而已，如果靠我來支持業務，像我那樣，經常一個月不到辦公室去，公司的業務，怎能蒸蒸日上？

所以，公司既然有電話來找我，那一定有重要的事，我是非聽不可的。

我忙來到了電話前，自白素的手中，接過電話聽筒來，道：「什麼事？」

經理說：「我們訂購的那部電腦，今天已裝置好了。」

聽到是那樣的小事，我不禁笑了起來：「就是這件事麼？」

「不，還有，我們早些時候，曾登報聘請過電腦管理員，有兩個人來應徵，索取的薪酬奇高。」

我道：「那也沒有辦法啊！電腦管理員是一門需要極其高深學問的人才能擔任的職業，薪水高一點，也是應該的。」

經理略停了一停：「但是，我想我們不必外求了，就在我們公司中，有職員懂得操縱電腦，而且，操縱得十分熟練。」

我怔了一怔：「別開玩笑了！」

「是真的，裝置電腦的德國工程師，稱讚他是他們所見過的一流電腦技術員，更願意請他到德國總公司去。」

我大感興趣：「是麼？原來我們公司中有那樣的人才，他是誰？」

「他就是那個怪人，卜連昌。」

我呆了一呆：「不會吧，他怎麼會操縱電腦？他……可能一生之中，從來也未曾見過電腦，而我們訂購的那部，還是最新型的。」

「是啊！裝置電腦的工程師，也頻頻説奇怪，他説想不到我們公司有那樣的人才，既然他可以稱職，我想就錄用他好了。」

我道：「這倒不成問題，但是我想見見他，我立即就到公司來。」

在那一剎間，我完全忘記了那個朋友的約會了，卜連昌竟會操縱電腦，這實在不可思議之極了！

就算照他所説，他是一艘船上的三副，那麼，那一艘船上的三副，是受過新型電腦的操縱訓練的？

卜連昌本來就是一個怪得不可思議的怪人，現在，他那種怪異的色彩，似乎又增加了幾分。

我不斷地在想着這個問題，以致在駕車到公司去的時候，好幾次幾乎撞到了行人路上去，當我急急走進公司時，經理迎了上來。

我第一句話就問道：「卜連昌在哪裏？」

經理道：「他在電腦控制室中，那工程師也在，他仍然在不斷推許着卜連昌。」

我忙和他一起走進電腦控制室，這間控制室，是為了裝置電腦而特別劃出來的。我一走進去，就看到房間的三面牆壁之前，全是閃閃的燈光。

卜連昌坐在控制台前，手指熟練地在許多鍵上敲動着，同時注視着儀錶。在他身後，站着一個身形高大的德國人。

那德國人我是認識的，他是電腦製造廠的代表工程師，來負責替電腦的買家，安裝電腦。我曾請他吃過飯，也曾託他代我找一個電腦管理員。

他一看到了我，便轉過身來，指着卜連昌道：「衞先生，他是第一流的電腦技師，如果你肯答應的話，我想代表我的工廠，請他回去服務。」

卜連昌也看到我了，他停下手，站起身來，在他的臉上，仍然是那種孤苦無依的神情。

我吸了一口氣，先叫了他一聲。

卜連昌答應着，然後我又問他：「卜連昌，你是如何懂得操縱電腦的？」

卜連昌眨着眼，像是不明白我的問題是什麼意思一樣，他也不出聲。

我陡地提高了聲音，幾乎是在大聲呼喝了，因為在那剎間，我有被騙的感覺。我那樣照顧着卜連昌，可是他卻一定向我隱瞞了重大的事實，要不然，他何以會操縱新型的電腦？

我大聲呼喝道：「我在問你，你聽到沒有？你是如何會操縱那電腦的？」

卜連昌嚇了一跳，他忙搖着手：「衛先生，你別生氣，這沒有什麼奇怪，我本來就會的，這種簡單的操作，我本來就會的啊！」

我大喝：「你在胡說些什麼？」

卜連昌哭喪着臉：「我沒有胡說，衛先生，我……我可以反問你一個問題麼？」

我衝到了他的面前：「你說！」

或許我的神態，十分兇惡，是以卜連昌不由自主退了一步，和我的大聲呼喝比較起來，他的聲音，更是低得可憐，他雙唇發着抖，道：「二加二等於多少？」

我只覺得怒氣往上衝，喝道：「等於四，你這個不要臉的騙子！」

他對於我的辱罵，顯然感到極其傷心，他的臉色，變得異常地蒼白。

但是他還是問了下去：「衛先生，你是在什麼時候，懂得二加二等於四的？」

我不禁呆了一呆，我是在什麼時候懂得二加二等於四的？這實在是一個極其可笑的問題，但卻也是很難回答的問題。

用這個問題去問任何一個人，任何人都不容易回答，因為二加二等於四，那實在太淺顯了，任何人在小時候就已經懂的了，自然也沒有人會記得自己是在哪年哪月，開始懂得這條簡單的加數的。

我瞪視着卜連昌，當時我真想在他的臉上，重重地擊上一拳！

但是當我瞪着他，他望着我的時候，我卻突然明白了，我明白了他這樣問我的意思，他是以這個問題，在答覆我剛才的問題。

我問他：「什麼時候懂得操縱電腦呢？」

他問我：「什麼時候懂得二加二等於四的？」

那也就是說，在卜連昌的心目中，操縱那種新型的、複雜的電腦，就像是二加二等於四一樣簡單，他根本說不上是什麼時候學會的。

我的心中，在那片刻間，起了一陣極其奇異的感覺。我說不上在那剎間，我想到了什麼，但是我卻感到了說不出來的詭異。

我望着他，好半晌不言語，所有的人都靜下來，望定了我，在控制室中，只有電腦還在發出「格格格」的聲音，而卜連昌根本連望也不望控制台，只是順手在控制台的許多按鈕中的幾個掣按了兩下，電腦中發出的聲響，也停止了。

整間控制室之中，變得一點聲音也沒有了。

直到這時，我才緩緩地道：「你是說，你早已知道操縱這種電腦的了，在你看來，那就像是二加二等於四一樣的簡單？」卜連昌點着頭：「正是那樣。」我盡量使我的聲音聽來柔和，我道：「然而，卜連昌，你自己想一想，那是不可能的，操縱電腦，是一門十分高深的學問，你若不是經過長期及專門的訓練，你如何能夠懂？而你在你的經歷之中，你哪一個時期，曾接受過這樣的訓練？」

卜連昌睜大了眼，現出了一片茫然的神色來，過了好一會，他才道：「那實在是很簡單的，我一看到它，就會使用了，就像我看到了剪刀，就知道怎麼用它一樣。」

我緊盯着他，問道：「你不必隱瞞了，你是什麼人？」

卜連昌臉上，那種茫然的神情更甚：「我……我是什麼人？我是卜連昌啊！」

老實説，我絕不懷疑卜連昌這時所説的話，他的確以為他自己是卜連昌。但是，事實上，他決不是卜連昌，他是另一個人。他如果是卜連昌，怎麼會沒有一個人認識他？他如果是卜連昌，怎會懂得操縱電腦？

但是，當我肯定這一點的時候，我又不禁在想：如果他不是卜連昌，那麼，他又怎能知道卜連昌該知道的一切事情？

我實在糊塗了，因為我不知道他究竟是什麼人！他或者是一個怪物，但即使是一個怪物，也一定是突然多出來的怪物。

我嘆了一口氣。經理問我，道：「董事長，你看……怎麼樣？」

我點頭道：「既然他懂得操縱電腦，那就讓他當電腦控制室的主任，給他應得的薪酬。」

我轉過頭去，在卜連昌的肩頭上拍了一下：「卜連昌，我想和你再詳細談談，你關於這具電腦，還有什麼問題麼？」

「沒有什麼問題，」他回答。

「不必要這位工程師再指導你了？」我問。

「不必了，」卜連昌又道：「我想，我可能比他更熟悉這個裝置。」

我苦笑了一下：「好的，那麼，你以後就負責管理這部電腦，你可以和我一起離開一會？」卜連昌道：「當然可以。」

我又吩咐了經理幾句，和那德國工程師握手道別，然後，和卜連昌一起走出了公司。我在考慮着該說些什麼才好，卜連昌也低着頭不出聲。

一直到了停車場，坐進了我的車子，我才首先開了口，道：「卜連昌，我想我們是好朋友了，我們之間，不必有什麼隱瞞的，是不是？」

「是，衛先生，剛才你叫我騙子，那……使我很傷心，我什麼也沒有騙過你。」

「你真的是卜連昌？」

「真的是！」他着急起來：「真是的，我有妻子，有子女，只不過……所有的人，都不認識我了！」

我望了他半晌，才徐徐地道：「可是，我卻認為你是另一個人。」

「我？那麼我是誰？我的照片，在報上登了七天，但是沒有人知道我是誰！」

我又道：「你可能根本不是這個城市的人，那當然沒有人認識你了。」

卜連昌的神情更憂戚，他反問我道：「那麼，我是從哪裏來的？我實實在在，是被他們從海中救起來的，衛先生，我的老婆，我和她感情很好，她……卻不認識我了，我是卜連昌！」

他的心情一定很激動，因為他講的話，有些語無倫次，而且，他的聲音中，也帶着哭音。

我只好再安慰着他：「你別急，事情總會有結果的，你提到你的妻子，你可以講一些你和你妻子間的事，給我聽聽？」

卜連昌呆了片刻，就滔滔不絕地講了起來，他講了很多他和妻子間的事。

我又道：「你從你自己有記憶開始，講講你的一生。」

卜連昌又講述着他的一生。他講得很詳細，我一遍又一遍地問着他，如果他所講的話，是揑造出來的，那麼，其間一定會有破綻的。

可是，他講述的，卻一點破綻也沒有！

當然，在他的經歷之中，並沒有他接受電腦訓練的歷程，但他卻會操縱電腦！

我覺得我實在沒有什麼別的辦法可想了，我只好嘆了一聲：「你還有去看你妻子麼？」

他苦笑着：「有，然而她根本不認識我，我去和她講話，她叫警察來趕我走。」

這一點，在私家偵探的報告書中，是早已知道了，我又嘆了一聲。就在這時候，我看到公司的一個練習生，急急奔了過來。

他奔到了車前，道：「董事長，有兩個外國人，在公司等着要見你！」

我皺了皺眉：「叫經理接見他們！」

練習生道：「不是，董事長，是經理叫我來請你的，那兩個外國人，手中拿着報紙，那是有怪人照片的報紙，他們說是來找怪人的。」

我「啊」地一聲，卜連昌也高興起來：「有人認識我了！」

他已急不及待，打開車門，我也連忙走出車子，我們三個人，急急回到公司中，我問道：「那兩個外國人，在什麼地方？」

「在你的辦公室中。」練習生回答。

我連忙和卜連昌，一起推門走進了我的辦公室。

在我的辦公室中，果然坐着兩個外國人，經理正陪着他們，那兩個外國人正用非常生硬的英語，和經理交談着。

當他們看到我和卜連昌走了進來之後，陡地站了起來，他們一起望着我身後的卜連昌，現出一種極其古怪的神色來。

那種神色之古怪，實在是難以形容的。由於我根本不知道他們是什麼人，所以我也根本沒有法子知道他們兩人的心中，在想些什麼。

但是，從這兩人面上的古怪神情看來，有一點，卻是我可以肯定的，那便是這兩個人，一定認識卜連昌，不然，他們不會一看到了卜連昌，就表現得如此奇特。

我連忙轉過頭，向卜連昌看去。

我那時，是要看卜連昌的反應。因為既然有人認識卜連昌，如果卜連昌也認識他們的話，那麼，整件事，都算是解決了！

第四部

是蘇軍上校

可是，當我向卜連昌看去之際，我卻不禁苦笑了一下，因為，卜連昌望着那兩個外國人，臉上一片茫然之色，他顯然不認識他們。

我感到辦公室中的氣氛，十分尷尬，我搓着手：「兩位，有什麼指教？」

那兩個外國人，除非是根本不懂得禮貌的外國人，要不然，便是他們的心中，實在太緊張了，是以使他們根本不懂得禮貌。

他們並沒有回答我的話，其中一個，陡地走向前來，經過了我的身邊，來到了卜連昌的身前，大聲叫了一下，接着，講了四五句話。

我聽不懂他講些什麼，我對於世界各地的語言，算得上很有研究，甚至連西藏康巴人的鼓語，我也曾下過一番功夫。

但是，我聽不懂那個人在講些什麼，只不過從他發音的音節上，我聽出，好像是中亞語言系統中的語言。當時我心中在想，如果卜連昌聽得懂那人在說些什麼的話，那才好笑了！

果然，卜連昌根本不明白他在說些什麼，卜連昌皺着眉：「先生，你是——」

接着，卜連昌就改用英語：「對不起，先生，我聽不懂你使用的語言。」

這時，另一個也向前走來，從他們的神情上，我感到氣氛變得很緊張，這兩個人好像要用強硬手段對付卜連昌。而我卻不想卜連昌受到傷害，是以我也移動了一下身子，擋在他們和卜連昌之前。

那人又大聲講了幾句話，使用的仍然是我聽不懂的那種語言。

卜連昌顯得不耐煩起來，他問我道：「衛先生，這兩個人嘰里咕嚕，在搗什麼鬼？我不相信他們會認識我，因為我根本未曾見過他們！」

我也問那兩個人道：「兩位，如果你們有什麼要說的話，請使用我們能聽得懂的語言，你們可以說英語的，是麼？何必用這種語言來說話？」

那兩人現出十分惱怒的神色來，其中一個，聲色俱厲，向着卜連昌喝道：「好吧，你還要假裝到什麼時候，申索夫，你在搞什麼鬼？你會受最嚴厲的制裁！」

我呆了一呆，我向卜連昌望去，那人叫卜連昌什麼，他叫卜連昌做「申索夫」。「申索夫」，那聽來並不是一個中國人的名字！

在剎那間，我才第一次仔細打量卜連昌。

在這以前，我很少那樣打量卜連昌的，因為他的臉上，總是那樣愁苦，使人不忍心向他多望片刻。

但這時，當我細心打量他的時候，我卻看出一些問題來了，卜連昌顯然是黃種人，但是他的額廣，顴骨高，目較深，這顯然是韃靼人的特徵。那麼，我的估計不錯了，卜連昌是中亞細亞人，所以，那個外國人才向他講那種中亞細亞的語言。

在那一剎間，我心中的疑惑，實在是難以形容。

我望着卜連昌，又望着那兩人，我的想像力再豐富，但是我也難以明白，在我面前發生的，究竟是一件什麼樣的怪事。

從卜連昌的神情看來，他顯然也和我一樣不明白，他有點惱怒：「你們在說些什麼？」

另一個人突然抓住了卜連昌的手臂，厲聲道：「申索夫上校，你被捕了！」

卜連昌用力一掙，同時在那人的胸口一推，推得將那人跌出了一步，大聲道：「見你的鬼，我姓卜，叫卜連昌，你們認錯人了。」

那兩個人卻又聲勢洶洶地向卜連昌逼去，我看見情形不對頭，忙橫身攔在那兩人的面前：「兩位，慢慢來，我想這期間有誤會了！」

那兩個人的面色十分難看，一個道：「先生，你是什麼人，你為什麼會和申索夫在一起的？」

那兩人的神態，十分驕橫兇蠻，我的心中，不禁又好氣又好笑，我道：「首先，我要問你們，你們是什麼人？有什麼權利在這裏隨便逮捕人？」

那兩人怔了一怔，勉強堆下了笑臉來，可是他們雖然堆下了笑臉，卻絕沒有改變他們行動的打算，其中一個，突然伸出了手，搭在我的肩頭上：「先生，這件事關係重大，如果你不是什麼有特殊身分的人，你還是不要理會的好！」

他的話才一說完，便用力一推。

看他的情形，像是想將我推了開去，然後可以向卜連昌下手。

但是，我自然不會被他推開的，我在他發力向我推來之際，「啪」地一掌，已擊在他的手腕之上。

接着，我五指一緊，抓住了他的手腕，將他的手臂抖了起來，使他後退了一步。

我沉聲道：「兩位，回答我的問題，你們是什麼人，究竟是做什麼而來的。我可以先介紹我自己，我是一個商人，決沒有什麼特殊的身分。」

那兩人的神色更難看，足足過了兩分鐘之久，這兩人才能平靜下來，繼續和我說話。

他們中的一個道：「我是東南亞貿易考察團的團長，這位是我的助手。」

我盯着那人，那人在未曾說出他的身分之前，我已可以肯定他是俄國人，而當他說了他是什麼貿易團的團長之際，我也想起了前兩天看到的一則新聞，那新聞說，蘇聯突然派出了一個「東南亞貿易考察團」，成員只有三個人，到東南亞來。

這個「考察團」可以說是突如其來的，事先，和蘇聯有貿易往來的東南亞國家，根本沒有接到任何通知，是以頗引起一般貿易專家的揣測云云。

但現在看來，這個三人考察團的目的，根本不在於什麼「貿易考察」，那我更可以進一步肯定，他們是為卜連昌而來的。

在剎那間，我的心中，實在是紛亂到了極點，他們稱卜連昌「申索夫上校」，又說要逮捕他，使他受嚴厲的懲罰。

我冷笑了一聲：「我看，閣下不像是貿易部的官員，我們雙方間的談話，不妨坦白一些，你究竟是為什麼而來的，要知道，你雖然有外交人員的身分，但如果不在你的國家中，你也沒有特權可以隨意拘捕人！」

那自稱團長的人瞪着我，半晌，他才道：「先生，這個人，我現在稱他為我們國家的叛徒，我要帶他回去，如果你願意的話，我可以循正當的外交途徑，將他帶回去。」

在他那樣說的時候，手指直指着卜連昌，一臉皆是憤然之色。

在他身邊的那人，補充道：「先生，團長是我們國家的高級安全人員。」

我明白，所謂「高級安全人員」，就是「特務頭子」的另一個名稱。

但是我心中的糊塗，卻愈來愈甚，蘇聯的特務頭子，為什麼要來找卜連昌？卜連昌在海中被救起來之後，根本沒有人認識他，現在，有兩個認識他了，卻說卜連昌是申索夫上校！

我擺着手：「你們最好別激動，我再聲明，我沒有特殊的背景，但是這位卜先生，已成了我的朋友，發生在他身上的事，我都想幫助他，你們說，他是什麼人？申索夫上校？」

那兩個人一起點着頭。

我又問道：「那麼，他隸屬什麼部隊？」

那兩個人的面色，同時一沉：「對不起，那是我們國家的最高國防機密！」

我呆了一呆，沒有再問下去，我只是道：「那麼，我想你們認錯人了，他不是什麼申索夫上校，他叫卜連昌，是一個海員，三副！」

那「團長」立時道：「他胡說！」

卜連昌看來，已到了可以忍耐的最大限度，他大聲叫道：「衛先生，將這兩個俄國人趕出去，管他們是什麼人，和我有什麼關係？」

卜連昌是用中國話和我交談的，那兩個蘇聯特務頭子，很明顯不懂中文，是以他們睜大了眼，也不知卜連昌在講些什麼。

我從他的神情上，陡地想到了一個可以令他們離去的辦法。

我道：「兩位，你們要找的那位上校，可能是和這位卜先生相似的人，我想，那位上校，不見得會講中國話吧，但是卜先生卻會！」

那兩人互望了一眼，並不出聲。

我又問道：「你們要找的那位上校，離開你們已有多久？」

那「團長」道：「這也是機密！」

我道：「我想，不會太久，你們都知道，中文和中國話，決不是短期內所能學得成的，但是卜先生卻會中文，中文程度還是相當高，可見得你們找錯人了。」

我在用這個理由，在說服蘇聯特務頭子找錯人時，自己心中也不禁地苦笑！

因為我想到了卜連昌會操縱電腦。操縱電腦，同樣也不是短期內能學會的事。

那兩個俄國人互望着，我的話，可能已起到了一定的作用，然而他們的神色，仍然充滿了疑惑，那「團長」打開了他手中的公事包，取出了一個文件夾來。

然後，他翻開那文件夾，文件夾中有很多文件，但是第一頁，則是一幅放大的照片。

他指着那照片，道：「你來看，這人是誰？」

我看到了那照片，便呆了一呆，因為照片上的那人，毫無疑問是卜連昌！照片上的那人是卜連昌，這一點，實在是絕不容懷疑的了，因為卜連昌自己，一看到了那照片，也立時叫了起來，道：「那是我！你們怎麼有我的照片？」

那「團長」瞪了卜連昌一眼，又問我道：「請你看看照片下面的那行字！」

我向他所指的地方看去，在照片下，印着一個號碼，那可能是軍號，然後，還有兩個俄文字，一個是「上校」，另一個是人名：「申索夫」。

那「團長」翻過了那張照片，又迅速地翻着一疊文件，他不給我看文件的內容，但是卻給我看文件上貼着的照片，照片有好幾張，是穿著紅軍的上校制服的，但不論穿著什麼服裝，卻毫無疑問，那是卜連昌！

那「團長」合上了文件夾，又盯住了我：「你說我們認錯了人？」

我苦笑了一下道：「我仍然認為你們認錯了人，他不是申索夫上校。」

我幾乎已相信，眼前的卜連昌，就是那兩個俄國人要找的申索夫上校了。但是，為什麼一個蘇聯軍隊的上校，忽然會變成了卜連昌呢？實在不可思議之至。

那「團長」對我的固執，顯然表示相當氣憤，他用手指彈着文件夾，發出「拍拍」的聲響來，道：「根據記錄，申索夫上校的左肩，曾受過槍傷，他左肩上的疤痕形狀，也有記錄的。」

他在文件夾中，又抽出一張照片來，那照片上有卜連昌的半邊面部，和他的左肩。在他的左肩上，有一個狹長形的疤痕。

我向卜連昌望去，只見卜連昌現出十分怪異的神色來：「這……這是怎麼一回事？」

我只覺得自己的心，直往下沉，我吸了一口氣，才道：「你肩頭上有這樣的疤痕？」

卜連昌點了點頭，並沒有出聲。

我一跳跳到了他的身前：「那疤痕，是受槍傷的結果？」

卜連昌卻搖着頭：「照說不會的啊，我又不是軍人，如何會受槍傷？但是，我的確有這樣的一個疤痕，那可能……可能是我小時候……跌了一跤，但是，……我已記不起來了。」

那「團長」厲聲道：「申索夫上校，你不必再裝模作樣了，你必須跟我們回去！」

他一面說，一面伸手抓住了卜連昌胸前的衣服。

卜連昌發出了一下呼叫，用力一掙，他胸前的衣服被撕裂，他迅速後退，一轉身，便逃出了我的辦公室，這是我們都意料不到的變化。

在我們辦公室中的幾個人，都呆了一呆，只聽得外面，傳來了幾個女職員的驚呼聲，和一陣乒乒乓乓的聲音，那顯然是卜連昌在不顧一切，向外衝了出去。

那「團長」急叫了起來：「捉住他！」

另一個俄國人也撲了出來，我也忙追了出去，可是當我追到公司門外的走廊中時，卜連昌卻已不見了，他逃走了！

那「團長」暴跳如雷，大聲地罵着人，他罵得實在太快了，是以我也聽不清他在罵一些什麼。

然後，他轉過身來，氣勢洶洶地伸手指着我：「你要負責！」

卜連昌突然逃走，我的心中也已經夠煩的了，這傢伙卻還要那樣盛氣凌人，實在使我有點難以忍受，我揚起手來，「啪」地一聲將那傢伙的手，打了開去，罵道：「滾，這是我的地方，你們滾遠些！」那「團長」像是想不到我會那樣對付他，他反倒軟了下來，只是氣呼呼地道：「你，你應該負責將他找回來！」

我瞪着眼道：「為什麼？你們一來，令得我這裏一個最有用的職員逃走了，我不向你們要人，已算好的了！」

那「團長」又嚷叫了起來：「他不是你的職員，他是我們國家的——」

他講到這裏，陡地停了下來。

我疾聲問道：「是你們國家的什麼人？」

「團長」的臉色變得很難看，他並沒有說什麼，我已冷笑着，代他說道：「這是最高機密，對不對？我對你們的機密沒有興趣，快替我滾遠些，滾！」

那兩個俄國人，悻然離去。

我回到我的辦公室，坐了下來，我的心中亂成了一片，實在不知道該想些什麼才好。

卜連昌這個人，實在太神秘了，但是，不論有多少證據，都難以證明他就是申索夫上校。申索夫上校不可能會中文，不可能會認識卜連昌的妻子和子女，不會對這個城市，如此熟悉。

但是，他卻又不可能是卜連昌，如果他是卜連昌，他就不可能懂得控制電腦。

我呆了片刻，才想到，這一切都不是主要的問題，現在當務之急，是找到卜連昌。

我命幾個平日和他較為接近的職員，分別到他平時常到的地方去找他，我一直在辦公室中等着。可是等到天黑，仍然沒有結果。

這是一個有過百萬人口的大都市，要毫無目的地去找一個人，真是談何容易。

我到天黑之後，才回到家中，我對白素講起日間發生、有關卜連昌的事，白素皺着眉聽着，道：「一個疤痕並不足以證明他的身分，你應該問那兩個俄國人要申索夫的指紋，和卜連昌的對一下，那就可以肯定卜連昌是什麼人了。」

面目相同，恰好大家都在肩頭上有一道疤痕，那都有可能是巧合的，但是這種巧合，決計不會再和機會微到幾乎不存在的指紋相同，拼合在一起。

如果申索夫的指紋和現在的卜連昌的指紋相同的話，那就毫無疑問可以證明，卜連昌就是申索夫上校，那兩個俄國人並沒有找錯人。

可是現在，我到何處去找那兩個俄國人？

我在食而不知其味的情形下，吃了晚飯，然後，一個人在書房中踱來踱去，正在這時候，電話響了，我拿起電話，那邊是一個很嬌美的女子聲音：「我們是領事館，請衛斯理先生。」

「我就是。」我回答着。

我立即又聽到了那「團長」的聲音，他道：「衛先生，我們今天下午，曾見過面。」

「是的，」我說：「我記得你。」

「衛先生，我和領事商量過，也和莫斯科方面，通過電話，莫斯科的指示說，這件事，需要你的幫助。」

「哼，」我冷笑了一聲：「在你的口中，什麼全是機密，我怎能幫助？」

「團長」忙道：「我們已經獲得指示，將這件秘密向你公開，但只希望你別再轉告任何人，如果你有空的話，請你到領事館來一次，可以麼？」

老實說，我對於申索夫上校究竟是什麼身分一事，也感到濃厚的興趣，但是我卻不想到他們的領事館去，是以我道：「不，我想請你們到我的家中來，在我的書房中，我們可以交談一切。」

那邊傳來一陣竊竊私議聲，過了半分鐘之久，才道：「好的，我們一共四個人來。」

我道：「沒有問題，我的地址是——」

「我們知道，衛先生，請原諒，因為這件事十分重要，所以，我們已在極短的時間中，對你作了調查，你的一切我們都很清楚了。」

我冷笑了一聲：「沒有什麼，貴國的特務工作本就舉世聞名。」

對方乾笑了幾聲：「我們很快就可以來到了。」

我放下了電話，白素低聲問道：「俄國人要來？」

我點頭道：「是，看來申索夫的身分，十分重要，他們甚至向莫斯科請示過。」

白素皺着眉：「真奇怪，這實在太不可思議了，卜連昌竟會是一個上校。」

我苦笑着：「現在還不能證明他是。」

白素緩緩地搖着頭：「我去準備咖啡，我想他們快來了。」

那四個俄國人來得極快，他們一共是四個人，兩個是我在日間見過的，另外兩個，全都上了年紀，面目嚴肅。

我將他們延進了我的書房中，坐了下來，一個年紀較大的人道：「衛先生，由於特殊情形，我們只好向你披露我國的最高機密，希望你不轉告他人。」

我搖頭道：「我只能答應，在盡可能的情形下，替你們保守秘密。」

那人嘆了一聲，向「團長」望了一眼，那「團長」道：「衛先生，中索夫上校，是我國最優秀的太空飛行員之一。」

我呆了一呆，中索夫上校原來是一個太空人！那就難怪他們這樣緊張了。

「團長」又道：「他在一個月以前，由火箭送上太空，他的任務很特殊，他要作逆向的飛行，你明白麼？他駕駛的太空船，並不是順着地球自轉的方向而前進，而是採取逆方向。」

我並不十分明白他的話，但是我卻也知道，那一定是太空飛行中的一項新的嘗試，是以我點了點頭。

「這種飛行如果成功，對軍事上而言，有重大的價值，而且，申索夫上校還奉命在太空船中，向太平洋發射兩枚火箭。」

「哼，你們在事先竟不作任何公布。」我憤然說。

「當然不能公布，帝國主義和我們的敵人，如果在事先知道了我們的計劃，必定會想盡一切方法，來進行破壞的。」那「團長」理直氣壯地說。

我也懶得去理會他們這些，我只關心那位申索夫上校，我道：「之後怎樣呢？」

「在他飛行的第二天，我們接到他的報告，他說太空船失去控制，他必須在南中國海作緊急降落，隨後，就失去了聯絡。」

我不禁深深吸了一口氣，南中國海，那正是吉祥號貨輪出事的地點。

雖然，事情好像有了某種聯繫，但是我的腦中，仍然一片混亂，因為我依然找不出在申索夫上校和卜連昌兩者之間，有什麼可以發生關係之處。

我的雙眉緊蹙着。那「團長」又道：「在失去了聯絡後，我們立時展開緊急搜索，我們的潛艇隊曾秘密出動了好幾次。」

我忍不住插了一句話：「我不知道你們如何想，你們以為申索夫是落在南中國海，又被人當作船員救起來了麼？」

那「團長」望着我：「這是最大的可能。」

我苦笑，搖頭。那「團長」説這是最大的可能，但是實在，那是最沒有可能的事。

因為就算申索夫恰好落在南中國海，又恰好和吉祥號遇難的船員一起被救起來，那麼，申索夫也必然是申索夫，而不可能是卜連昌。

就算申索夫厭倦了他的國家，想要轉換環境，那他也絕沒有必要隱瞞自己的身分。相反地，如果一個蘇聯的太空飛行員，向美國或是其他的國家要求政治庇護的話，那一定大受歡迎。

而最根本的問題卻在於申索夫上校，這個蘇聯的太空飛行員，他對吉祥號貨輪的船員，應該一無所知，根本不可能認出他們來，也不可能知道他們的私事。

在我的沉思中，書房中十分靜，誰也不説話。

過了幾分鐘，那「團長」才道：「我們已作過詳細的調查，申索夫作緊急降落的時候，他最可能降落的地點，正有一場暴風雨，有一艘輪船失事。」

我苦笑了一下，並沒有打斷他的話頭。那「團長」續道：「我們在整個區域，已作了最詳細的搜索，我不必隱瞞你，在海底，我們已找到了那艘太空船了！」

我皺了皺眉：「那你們就不應該再來找我，那位申索夫上校，一定是在太空船中，死了！」

那「團長」卻搖着頭：「不，他已出了太空船，他是在太空船緊急降落時逃出來的。」

我不禁有了一些怒意，大聲道：「你將我當作小孩子麼？當太空船在以極高的速度衝進大氣層之際，機艙外的溫度，高達攝氏六千度，什麼人可以逃出太空艙來？」

那「團長」忙道：「這又是我們的高度機密，你記得有一次，我們的太空船，在回歸途中，因為降落設備失效，而引致太空人死亡的那件事麼？」

「當然記得，那是轟動世界的新聞。」

「是的，自從那次之後，我們的科學家不斷地研究，已發明了一種小型的逃生太空囊，可以將駕駛員包在囊中，彈出太空船，再作順利的降落，申索夫上校本來就負有試驗這個太空囊的任務，他自然是在太空船還未曾落海之際，便利用了太空囊彈出來的。」

我問道：「關於這種逃生太空囊的詳細情形，你能不能說一說？」

那「團長」的臉上，現出十分為難的神色來：「我只能告訴你，那是一種十分簡易有效的逃生工具，在彈出了太空艙之後，太空囊還可以在空中飛行一個時期，然後，速度減慢到自然降落的程度，在囊中的人，就可以進行普通的跳傘了！」

「你們是以為——」我再問。

「我們認為，在申索夫跳出太空囊之後，落到了海面，他棄去了降落傘，為了方便在海面上漂流，他也脱去了沉重的太空衣，然後，他就和遇難的船員，一起被救了起來。」

我深深地吸了一口氣：「你們的假設很合理，我也完全可以接納，但是問題是在於，你們要找的人，他自己根本不認為自己是申索夫上校，他只認為他自己是海員卜連昌。」

那「團長」怒吼了起來：「那是他故意假裝的，他想逃避制裁。」

我立時駁斥他：「我想不是，如果他有意逃避的話，一到了這裏，他就應該投向美國領事館，你們又將他怎麼辦？」

那三個蘇聯人互望着，一時之間，講不出話來。我道：「你們來看我的目的是什麼？」

那「團長」道：「我們要找回申索夫上校，一定要和他一起回國去，我們想他或者會和你聯絡，所以，要你幫助我們。」

我苦笑了起來：「這個問題，我們不妨慢慢再説，現在最主要的是先要弄清楚，卜連昌是不是你們要找的申索夫上校。」

「當然是，」一個蘇聯人不耐煩地揮着手，「如果他是卜連昌，為什麼沒有一個人認識他？要登報紙找尋認識他的人？我們就是偶然看到了報紙，所以才會找到這裏來見他的。」

我站起身來，來回踱了幾步：「如果他和我聯絡的話，我一定先要弄清他的身分。因為他如果是申索夫上校，期間一定還有什麼曲折，使他可以知道許多他不可能知道的事！」

我看到那三個人的臉上，有疑惑的神色，是以我就將我如何認識卜連昌的經過，以及如何陪他「回家」的經過，詳細說了一遍。

為了回報他們對我的信任，他們向我講出了他們國家的高度秘密，當然我也不會再對他們保留什麼，是以我的敍述，十分詳細。

他們三人用心地聽着，等我講完，他們才一起苦笑了起來：「那是不可能的。」

「我所說的每一句話，都是實話。」我說，「我沒有必要騙你們，因為我也想知道卜連昌的真正身分，我想問你們一個問題。」

「請問。」他們齊聲説。

我略想了一想，才道：「申索夫上校，可曾受過電腦控制的訓練？」

那「團長」笑了起來：「他是全國最好的電腦工程師之一，我們太空飛行機構中的電腦設備，大多數是在他領導之下設計製造的。」

我又不由自主，苦笑了起來，如果申索夫是一個第一流的電腦工程師的話，那麼，控制普通的商用電腦，在他而言，自然是二加二等於四一樣簡單了。

我呆了片刻，才又問道：「你們有沒有申索夫的指紋記錄？我想，如果我有機會見到卜連昌的話，取他的指紋來對照一下，就可以確切證明他的身分了！」

「有，」那「團長」立即回答，他打開了公事包，拿出了一張紙來給我。

第五部

揣測怪事的由來

那張紙是一個表格，上面有申索夫的照片，和十隻手指的指紋。

我將那張表格，放在桌上：「各位，現在我所能做的，就是盡可能去找尋他，我想，在未曾真正弄明白他的身分之前，你們暫時不必有什麼行動，弄錯了一個人回去，對你們也是沒有好處的。」

那三個蘇聯人呆了片刻，想來他們也想到，除了答應我的要求之外，是別無他法可想的，是以他們只是略想了一想，便答應了我的要求。

他們都站了起來，我送他們出門口，望着他們離去。

在聽了他們三個人的話後，我更可以有理由相信那個根本沒有一個人認識他的卜連昌，就是太空飛行員——申索夫上校。

但是，何以這兩個絲毫不發生關係的人物，會聯結在一起了呢？我忽然有了一個十分奇怪的想法，現在的卜連昌，就像是申索夫和卜連昌的混合，兼有兩人的特點，或者是兼有三個人的特點，另一個是根本不存在的吉祥號貨輪的另一個三副——那是卜連昌堅持的自己的身分，這期間，究竟發生了一些什麼怪事呢？

我踱回了書房之中，坐在書桌之前，不斷地思索着。

在不知不覺中，已然是午夜了，我打了一個呵欠，正想上牀睡覺時，電話鈴卻突然響了起來。

我拿起電話，那邊卻一點聲音也沒有，我接連說了七八聲「喂」，也沒有反應，我憤然放下了電話。可是在我放下電話之後不久，電話鈴又再響了起來，我再拿起電話，冷冷地道：「如果你不存心和我說話，那你為什麼打電話來？」

我以為，打電話來的人，一定是一個無聊到了拿電話來作為遊戲工具的傢伙，可是，我的話才一講完，卻突然聽到了卜連昌的聲音！

一聽到了卜連昌的聲音，我全身都震動了一下，卜連昌道：「我……不知該說什麼才好，衛先生，我不知我該說什麼！」

「卜連昌，」我忙叫着他：「你在什麼地方？」

「我一直坐在公園中，現在，我是在公園旁的電話亭中打電話給你，衛先生，我想……見一見你。」

「好，我也想見見你。」

「我在公園入口處的長櫈前等你，」卜連昌說：「你一定要來啊！」

「當然，我來，一定來。」我放下電話，便離開了家。

當我來到公園的時候，公園中幾乎已沒有什麼人了，所以一眼就看到卜連昌一個人，孤零零地坐在公園的長椅之上。

我連忙向他奔了過去，他也站了起來。

他像是看到了唯一的親人一樣，我一到了他的身前，他就緊握住了我的手臂，他道：「你來了，你終於來了，唉，我真怕你下來。」

我先令他坐了下來，然後，我坐在他的身邊。

他的聲音有些發顫：「那兩個外國人是認識我的，衛先生，但是我卻不認識他們，他們說我是什麼人？你能告訴我？」

我望着他，一時之間，不知從何說起才好，我的心中也十分矛盾，一方面，我相信這個人，就是申索夫上校。但是另一方面，我卻又相信，他真的不知道他自己是什麼人。一個人，如果在忽然之間，不知道自己是什麼人，那實在是一件很普通的事。那樣的事，在醫學上叫作「失憶症」。「失憶症」已不知多少次成為電影或是小說的題材的了。

卜連昌的情形卻很不同，他不單只不知道自己是什麼人，而且，堅決認為他是另一個人。

卜連昌用焦急的眼光望着我，我想了一想才道：「他們說，你是一個軍官，軍銜是上校，你的職務是太空飛行員，負責重大的太空飛行任務。」

卜連昌睜大了眼睛聽着，等到我說完之後，我想他一定要表示極度的驚訝，但是，他的反應，卻出乎我的意料之外，他笑了起來：「那樣說來，他們一定弄錯了，我怎麼會是太空人？」

我盯着他：「他們還說你是一個極其優秀的電腦專家，卜連昌，你對於自己竟然懂得操縱電腦一事，難道一點也不覺得奇怪？」

卜連昌皺緊了雙眉，過了半晌，他才現出茫然的神色來：「我並不覺得奇怪，因為那……在我而言，是自然而然的事情。」

「那麼，你肩頭上的疤痕呢？」我又問。

卜連昌震動了一下：「那……那或許是巧合，我可能記不起是在什麼時候受傷的了。」

我又道：「我已向他們要了你的指紋——不，是那位上校的指紋。」

卜連昌也不是蠢人，他一聽到我說及指紋，便知道我要指紋的用途是什麼了，他攤着手來看了看，然後又緊握着拳頭。

在那剎間，他的神色，又變得更難看，他道：「如果那申索夫上校的指紋，和我的指紋是一樣的話，那……說明了什麼？」

我道：「你也應該知道那說明了什麼的了，那說明你就是申索夫上校！」

卜連昌呻吟似地叫了起來：「可是……我卻是卜連昌，那個申索夫上校，難道是中國人？」

「不是，他是中亞細亞人，你不覺得你自己的樣子，並不是完全的中國人麼？你的樣子，是典型的中亞部分的韃靼人。」

卜連昌憤怒起來：「胡說！」

我對他絕不客氣，因為我必須逼他承認事實，我道：「你的指紋，如果和申索夫上校吻合的話，那就已足夠證明你的身分了。」

卜連昌尖叫了起來：「可能是巧合！」

我殘酷地冷笑着：「世上不會有那麼多巧合的，面貌相同是巧合，肩頭上的疤痕相同是巧合，連指紋相同也是巧合？」

卜連昌惡狠狠地望着我：「可是你說，如果我是韃靼人，為什麼會講中國話，寫中國字？我怎會認識那麼多我不該認識的人？」

對於他的問題，我無法回答，因為那正是存在我心中的最大的疑問。

我只好道：「所以，你最好的方法，就是去接受指紋的檢驗，如果你的指紋，和申索夫上校根本不同的話，那就什麼問題也沒有了。」

卜連昌語帶哭音：「可是我知道，檢查的結果，一定是一樣的。」

我立即問道：「為什麼你會那樣想？」

卜連昌道：「我已經習慣了，自從我在海上遇救之後，沒有一件事是如意的，只要是我想的事，就一定不會成為事實，而我最害怕發生的事，卻又成為事實，就像我怕我的妻子不認識我，結果她真的不認識我一樣！」

我也嘆了一聲：「卜連昌，我很同情你，但是我認為你還是要將你的指紋印下來，和申索夫的指紋，來對證一下。」

他現出十分恐怖的神情望着我：「如果對證下來，我和他的指紋是一樣的，那怎麼辦？」

我呆了一會，「那只好到時再說了。」

他雙手鬆開，又捏了拳，反覆好幾次：「我接受你的提議，但是我現在，不想任何人知道我在什麼地方，我也不跟你回去。」

我問道：「為什麼？」

他並不直接回答我的問題，只是道：「我會打電話給你，問你對證指紋的結果。我不想任何人知道我在什麼地方，以防萬一，若我的指紋真和申索夫上校一樣時，我還可逃避。」

「你在逃避什麼？」我又問。

「我不要成為另一個人，我是卜連昌，不管多少人都發了神經，不認識我，我仍然是卜連昌，我不要成為另一個人。」卜連昌回答着。

我沉默了片刻，才拿出了一支角質煙盒來，先將煙盒抹拭了一番，然後，請他將指印留在煙盒上，我再用手帕小心將煙盒包了起來。

我們一起站起來，向公園外走去。

在公園門口分手的時候，我道：「明天中午十二時，你打電話到郭氏偵探事務所來找我。」

卜連昌點了點頭，記住了我給他的電話號碼，跳上了一輛街車走了。

我呆立了片刻，才回到了家中，那一晚，我可以說一點也沒有睡好，我的心中充滿了疑問。

第二天一早，我就到了小郭的偵探事務所中，在他的事務所內，有着完善的檢驗指紋的設備，而且還有幾位指紋專家。

當我說明來意之後，小郭和幾個指紋專家，立時開始工作，要查對指紋，在現代偵探術中而言，實在是最簡單的事情了。

我們只花了二十分鐘，就得出了結論，留在煙盒上的指紋，和申索夫上校的指紋，完全相同。

我在知道了這個結論之後，倒並沒有表示過分的驚異，因為可以說，那是我意料之中的事。

我早已料到，他們兩人的指紋會一樣的，或者說，我早已料到，卜連昌就是申索夫上校。

但是我在知道了結果之後，卻仍然呆了半晌，因為我不知如何向那三個俄國人說，也不知該如何向卜連昌說才好。

如果我將檢驗的結果，告訴那三個俄國人，那麼，他們自然認定已找到了申索夫上校，會不惜一切代價，要將申索夫帶回蘇聯去。

而如果我也將檢驗的結果，照實告訴卜連昌，那麼卜連昌就要開始逃避，絕不肯跟那三個蘇聯人回去。

我在小郭的事務所中，徘徊了很久，小郭頻頻問我發生了什麼事，我也難以回答他的問題，一直到中午，我還沒有想出應付的辦法來，但是，卜連昌的電話，卻已經準時打來了。

我握着電話聽筒，深深地吸了一口氣，卜連昌已在焦切地問道：「怎麼樣了？」

我反問道：「你現在在什麼地方？」

「我不能告訴你在什麼地方，我問你，結果怎麼樣，你快告訴我。」

我苦笑了一下：「你聽着，你一定要告訴我你在什麼地方，我要和你聯絡。」

卜連昌呆了片刻：「我知道，我的指紋，和那人一樣，是不是？」

我立時道：「你應該正視事實，你就是申索夫上校，你根本是他。」

卜連昌在喃喃地道：「我知道，我早已知道會有這樣結果的了。」

我忙叫道：「你別以為你可以逃避他們，你——」

我的話才講了一半，「卡」地一聲，卜連昌已放下了電話，我發了一陣呆，我根本不知道他在什麼地方打電話來的，他顯然不肯聽我的勸告，而要開始他那麼無休止的逃避。

在我發呆期間，那三個俄國人，卻已找上小郭的事務所來了，他們一見到我，並不說話，然而卻見他們陰沉的眼光，向我詢問着。

我放下了電話：「你們來得正好，昨天晚上，我曾和他見過面，取得了他的指紋，指紋檢驗的結果，是完全相同的。」

「他現在在什麼地方？」俄國人忙緊張地問。

「我也不知道，昨天晚上，他說他絕不願意成為申索夫上校，他要逃避，我看，現在雖然有確鑿的證據，證明他就是申索夫上校，但是在他的身上，一定發生了極其神秘的事。我看，你們就算將他帶回去，也是沒有意義的事情。」

「胡說！」那「團長」憤怒起來：「他是一個狡猾的叛徒！他想用這種方法來逃避懲罰。」

我忙道：「我卻不認為那樣，他如果要逃避懲罰的話，他應該到美國去尋求政治庇護才是。」

三個俄國人的面色變了一變，沒有說什麼。

我又道：「如今，我們雖然已證明了他是申索夫上校，但是那只是身體上的證明。」

「什麼意思？」俄國人惡聲惡氣地問。

我的腦中，也十分混亂，但是我還是勉力在混亂之中，理出了一個頭緒來，我道：「要決定一個人是什麼人，不是看他的身體，要緊的是他腦中的記憶，現在我們有理由相信，申索夫上校的腦中，已完全不存在他自己的記憶，而換上了其他人的記憶，也就是說，他是另一個人，你們帶他回去，又有什麼用？」

那「團長」冷笑了起來：「你想想看，如果我們以你所說的，照樣報告上去，會有什麼結果？衛先生，別開玩笑！」

我正色道：「這絕不是開玩笑，這是一件發生在人身上的極其異特的事情，你們該正視現實。」可是那三個俄國人卻根本不肯聽我的話，他現出悻然的神色：「好，你不肯透露他的所在，我們都可以找到他。」

他們悻然離去，我也沒有辦法再進一步說服他們，因為對於解釋申索夫已不是申索夫的理由，在我自己的意念中，也是很模糊，無法講得清楚的。

我剛才能在沒有深思熟慮之間，便已經初步闡明了這一個概念，那可以說已經很不容易的事了。在他們走了之後，我又呆了片刻，在想着要用什麼方法，才能將這件事說得更清楚。

這件事，要簡單地說，一句話就可以講完了，那就是：申索夫不再是申索夫了。

然而，那卻是很難令人接受的一件事，申索夫就是申索夫，為什麼會不是申索夫了呢？所以，應該進一步地說，那是申索夫的身體，但是，別人的記憶，卻進入了申索夫的身體，而申索夫本身的記憶卻消失了。

決定一個人是什麼人，有兩種方法，一種是看他的外形，查他的指紋，而另一種是根據他腦中儲存的記憶，也就是他的思想。

如果用前一種方法來決定，那麼毫無疑問，那個在海面上，和吉祥貨輪的船員一起被救起來的人，是蘇聯的太空飛行員，申索夫上校。

但是如果根據第二種方法來判斷的話，那麼，他就不是申索夫，甚至也不是卜連昌，他是一個嶄新的人，一個突然之間多出來的人。

在那樣的情形下，蘇聯特務硬要將他找回去，自然是一點意義也沒有的事情。

可是現在的情形卻是，蘇聯的特務頭子非要找他回去不可，而他，卻拚命在逃避。

我不禁深深地嘆了一口氣，如果不是申索夫的身分如此特殊的話，事情或者不會那麼複雜了。而申索夫想一直逃避過去，自然絕不是辦法，最好是我能說服那個蘇聯特務頭子，使他們放過申索夫。

蘇聯特務，誰也知道是世界上最頑固的東西，我有什麼辦法可以說服他們呢？

看來，那幾乎是沒有可能的事，除非，我能夠找出申索夫記憶改變的根本原因來。

當我想到這一點的時候，我不禁苦笑了一下，因為我想，只怕世界上根本沒有人能夠解釋這種奇異的現象。但是，我既然想到了，我就要去做，我決定先去找幾個著名的心理學家、腦科學家，看看他們是不是可以解釋這件怪事情。

在接下來的三天中，我忙忙碌碌，東奔西走，聽取各方面的意見，然後，再根據自己的意見，作了一番綜合，在這三天內，我一直希望能得到申索夫的消息，再和他聯絡。

可是，申索夫卻音信全無，他沒有打電話給我，我也根本無法在一個有着百萬人的城市之中，找得到他。到了第四天，我已經對申索夫的事，在聽取了各方面的意見之後，有了一點概念。

於是我去見那兩個蘇聯特務，他們在見到我的時候，面色極其難看。

他們那種難看的面色，使我感到好笑，我臉上一定也表現了想笑的神情，是以那「團長」怒意衝衝地望着我：「有什麼好笑？」

我忙搖頭道：「兩位，我不是來吵架的，你們還未曾找到申索夫，是不是？」

他們兩人悶哼了一聲，並不說話。

我又道：「這幾天來我拜訪了不少專家，綜合他們的意見，有一種見解，不知道你們是不是能接受，我並不是阻止你們找尋申索夫，但是你們至少也得聽一聽對這件怪事的解釋。」

那兩個俄國人的態度仍然很冷淡，他們冷冷地望着我，我也不去理會他們的態度，因為我知道，我的話一開始，就一定會引起他們注意的。

我自顧自地道：「人類的腦子，可以發射一種微弱的電波。對於這種電波，人類所知極微，只名之曰腦電波，還是人類科學上的空白。」

那「團長」怒道：「你在胡扯什麼？」

我笑了笑：「別心急，等我說下去，你就知道我所說的一切，和這件事有莫大的關係了。」

另一個俄國人和「團長」使了一個眼色：「好，你說下去。」

我又道：「這種腦電波，在某種情形之下，以極其強烈的方式發射出去，是以人和人之間，有時有奇妙的心靈相通的現象，這種情形，大多數是在生命發生危急的時候發生的。」

那「團長」開始注意我的話了，他頷首表示同意。

我道：「現在，事情和我們的主角有關了，這件事的主角，可以分為三組，一組是申索夫，一組是卜連昌，另一組，是吉祥號上的船員。」

我頓了一頓，看到他們兩人，在用心聽着，我才又道：「現在開始，我所敍述的一切，只不過是假定，但那也是唯一可以提供的假定。申索夫上校在發現太空船失去控制之際，他自然意識到，他的生命已在危急關頭了，在那時候，他的腦電波便開始有反常的活動，而那時，他恰好飛過南美洲上空，也在那時，有一個中國海員，叫卜連昌的，在某處和人打架，也處在臨死的邊緣，卜連昌的腦電波也在非常活動的狀態之中。究竟發生了什麼樣的變化，我們還無法知道，我們只好假定，在那一剎間，卜連昌記憶，通過了腦電波的反常活動，被申索夫的腦子接收了過去，是以，申索夫原來的記憶消失，換上了卜連昌的記憶。那種情形，大致可以和聽收音機的時候，忽然一個電台的聲音受到另一個電台的干擾來解釋。」

那兩個俄國人互望了一眼。

我不能肯定我的話是不是能說服他們，我繼續說下去：「那時候，申索夫已不再是申索夫了，太空船繼續向前飛，等到來到了南中國海的上空之際，他跳出了太空船，而恰好吉祥號貨輪失事，吉祥號的船員，每一個人的腦電波，都在進行非常的活動，是以各人的記憶，在同樣的情形之下，都零零星星，進了申索夫的腦中，所以，當申索夫獲救之後，他熟悉吉祥號船員的一切，自以為他是他們中間的一員，他又以為自己是卜連昌，他記得卜連昌的妻子和兒女的一切情形。兩位，申索夫上校這個人，已在世上消失了，而多了一個不再是申索夫的人，你們將這個人帶回去，有什麼用？」

那兩個俄國人互望着，我又道：「只有這個解釋，才可以說明何以申索夫會講中國話，會寫中國字，會了解他不應了解的一切，你們大可不必擔心他會泄露你們的國防秘密，因為他對過去的一切，毫無所知，而且，永遠不會再記起來。」

那「團長」道：「你說的理由，或者很可相信，但是我們卻無法向上峰報告。」

「那太簡單了，」我說：「你們回去，說這個人根本不是申索夫，也就行了。」

他們兩人呆了半晌，才道：「我們考慮一下，明天再給你回音。」

我告辭離去，他們緊張得甚至未及送我出來。第二天，我得到他們的通知，他們已決定放棄這件事了，我連忙在報上刊登廣告，要申索夫和我聯絡，並且告訴他，一切都已過去了。

申索夫在廣告見報後的當天下午，神色憔悴地來見我，我將那些解釋，又和他講了一遍，他聽了之後，道：「也許你是對的，我是卜連昌了，我喜歡做卜連昌，我也……愛彩珍！」

我拍着他的肩頭，勸他好好在我的公司中工作，俄國人果然也未曾來麻煩他。

事情到這裏結束了，總算是喜劇收場，不是麼？卜連昌説他愛彩珍，倒不是假的，他仍然常在彩珍住所附近徘徊，幾個月後，不但取得了阿牛阿珠兩個孩子的好感，也取得了彩珍的好感，有一天他告訴我，已作好一切準備，要向彩珍求婚。

是不是，應該説，從此以後，他們快樂地生活在一起呢！

（全文完）

衛斯理小說典藏版　16

規 律

作　　者：　衛斯理（倪匡）
責任編輯：　黎倩雲　黃敬安
封面設計：　三原色
出　　版：　明窗出版社
發　　行：　明報出版社有限公司
　　　　　　香港柴灣嘉業街18號
　　　　　　明報工業中心A座15樓
電　　話：　2595 3215
傳　　真：　2898 2646
網　　址：　https://books.mingpao.com/
電子郵箱：　mpp@mingpao.com
版　　次：　二〇二〇年七月初版
　　　　　　二〇二二年七月第二版
I S B N：　978-988-8687-93-0
承　　印：　美雅印刷製本有限公司